文学

李春雨 著

五洲传播出版社

图书在版编目（CIP）数据
文学 / 李春雨著．北京：五洲传播出版社，2014.1（2017.3重印）
（中国文化系列 / 王岳川主编）
ISBN 978-7-5085-2712-3

Ⅰ.①文… Ⅱ.①李… Ⅲ.①文学史－中国 Ⅳ.①I209

中国版本图书馆 CIP 数据核字 (2014) 第 002693 号

中国文化系列丛书

主　　编：王岳川
出 版 人：荆孝敏
统　　筹：付 平

中国文化·文学

著　　者：李春雨
责任编辑：苏 谦
图片提供：CFP　FOTOE　东方 IC
装帧设计：丰饶文化传播有限责任公司
出版发行：五洲传播出版社
地　　址：北京市海淀区北三环中路 31 号生产力大楼 B 座 6 层
邮　　编：100088
电　　话：010-82005927，82007837
网　　址：http://www.cicc.org.cn，http://www.thatsbooks.com
承 印 者：北京盛华达印刷有限公司
版　　次：2014 年 1 月第 1 版，2017 年 3 月第 2 次印刷
开　　本：889×1194mm 1/16
印　　张：11.75
字　　数：200 千字
定　　价：56.00 元

目录

前言：走向世界的中国文学
——莫言获奖的文学史意义

2012 年 10 月 11 日，瑞典文学院宣布将该年度诺贝尔文学奖授予中国作家莫言，这对中国文学的发展来说是一个不可小觑的事件。莫言成为第一位获得诺贝尔文学奖的中国籍作家，打破了中国文学诺贝尔奖“零”的纪录，这从一个特殊的角度显示了中国文学已经走向世界，并逐渐赢得了世界的关注和认可。这次获奖不仅了却了中国文坛的一桩心愿，更促使中国人以一颗平常心来对待“诺奖”。同时，中国文学也加紧了对自身发展的思考。诺贝尔奖评审委员会的颁奖词认为，莫言的小说“很好地将魔幻现实与民间故事、历史与当代结合在一起”，其对历史的思考、对人性的剖析不仅打动了中国人，也打动了其他国家的读者。这说明，能够超越时间、打破国界的文学是关注现实人生、书写人的灵魂的文学，而不是作为政治传声筒的文学，更不是迎合图书市场、消费文化的文学。

2012 年诺贝尔奖颁奖仪式上，中国作家莫言从瑞典国王手中领取诺贝尔文学奖。

莫言之外，中国当代还有很多独具个性的作家具备相当的创作实力和潜力，如贾平凹、陈忠实、王安忆、余华、苏童、刘震云、毕飞宇、迟子建等。他们用作品书写着不同的人生感悟，从不同的视角建构着自己的精神家园，他们的作品也拥有相当一部分海外读者。

从更久远的历史来看，中国文学至少可以溯源到 3000 多年前。从那时起直至 20 世纪初叶，中国古代文学一脉相承，绵延数千年，滋养着一代又一代中国人的心灵，铸就中华民族的文化认同。20 世纪初叶，中国文学发生了全方位的转型，包括文学观念、内容、语言，乃至与世界文学的关系。中国文学从此步入了新的阶段。

21 世纪以来，随着中国综合国力的不断增强、国际地位的逐步提高，越来越多的人开始关注中国。而中国改革开放的深入，也促进了中国与世界的交流，这为中国文学进一步走向世界打下了良好的基础。作为中国文化的一个重要组成部分，中国文学不断走进世界文学的殿堂，与世界文化融合。文学承载着中国沉重丰厚的历史，反映了中国当下复杂多变的社会现实，寄托着中国人对美好未来的梦想。文学是沟通中国与世界最好的精神园地。表现全世界的共同关注，展示整个人类的人情人性，是中国文学的应有之责。

从古至今，中国文学都有这个传统。

中国古代文学发展概观

文学在中国古代有着重要而独特的地位。魏文帝曹丕（220—226在位）称，"盖文章，经国之大业，不朽之盛事"，认为文学是关系到经国治世乃至流传万代的大事。中国古代非常重要的科举制度，也是以文学特别是诗文的优劣为标准来选拔官员。中国的文学传统源远流长，在发展中形成了独特的文学观念和艺术手法，对后世文学产生了深远的影响。中国古代诗文、小说、戏剧等文体在不同的历史阶段逐渐成熟和完善，为世界文学宝库增添了众多不朽的经典。

中国古代文学的历史进程

中国文学有着悠远的历史。通常人们以1917年开始的“文学革命”为分界，将1917年之前的中国文学统称为中国古代文学。在数千年的发展历程中，中国古代文学可粗略地划分为三大历史时期：上古期（公元3世纪以前）、中古期（公元3世纪—公元16世纪）、近古期（公元16世纪—公元20世纪初期）。

上古文学

上古期的第一段是先秦文学，在历史分期上包括商（前1600—前1046）、西周（前1046—前771）、春秋（前770—前476）和战国（前475—前221）。

先秦文学的突出特点是，文学尚在文化的大母体之内，文史哲不分。因此，在先秦文学成就最高的散文方面，既包括了《尚书》《左传》《国语》《战国策》等历史著作，也包括了儒家、道家、墨家等诸子百家的哲学著述，如《周易》《老子》《论语》《孟子》《庄子》等等。先秦文学的另一突出成就是在诗歌领域，诞生了光耀百世的《诗经》《楚辞》。《诗经》是中国第一部诗歌总集，收录了周初到春秋中叶500多年间的作品。其后的另一部诗歌总集《楚辞》，运用楚地（今湖北、湖南一带）的文学样式、方言声韵，叙写当地的山川人物、历史风情，表达方式热情而浪漫。《楚辞》的主要作者屈原，是中国文学史上第一位伟大的诗人。

上古期的第二段是秦汉文学，历史分期包括秦（前221—前206）、西汉（前206—公元25）、东汉（25—220）。在大一统的政治和文化背景下，秦汉文学失去了先秦文学的生动活泼，呈现出一种格式化的、凝滞的风格。这一点在此时期最具代表性的文学样式——汉赋中有充分的体现。汉赋的内容多为渲染宫殿、城市、帝王游猎等，文辞华丽，极尽铺陈排比之能事。真正代表秦汉散文最高水平的是司马迁的纪传体通史《史记》，它在叙事艺术和人物塑造艺术方面取得了突出的成就。不过在诗歌方面，却呈现出了一种新的活力，不论是流传于民间的汉代乐府民歌，还是由中下层文人创作的《古诗十九首》，吟唱离别、失意，忧虑人生无常，语言质朴，情感真挚，以至千百年后，仍能引起读者的共鸣。

中古文学

中古文学的历史分期，从魏（220—265）晋（265—420）开始，经过南北朝（420—589）、隋（581—618）、唐（618—907）、五代（907—960）、宋（960—1279）、元（1271—1368），到明朝（1368—1644）中叶为止。

中古期的第一段从魏晋到唐中叶。中国文学从此由自发进入自觉阶段，尤其诗歌的创作，达到了顶峰。几百年间诗人辈出，灿若星河，从“三曹”“建安七子”“正始诗人”，到陶渊明、谢灵运、庾信，再至“初唐四杰”、陈子昂，直至王维、孟浩然、高适、岑参、李白、杜甫……诗人们独特的人格和其作品独特的风格交相辉映。慷慨悲壮的“建安风骨”，浸透人生悲哀和理性思考的“正始之音”，雄壮浑厚的“盛唐气象”，都成为对后代影响深远的诗歌范式。

中古期的第二段从唐中叶开始，到南宋灭亡为止。这一时期文坛最重大的事，是倡导对文风、文体和文学语言进行变革的“古文运动”。由唐代韩愈首倡的这场改革，在宋代经欧阳修等人继续发扬，对中国散文的发展产生了深远影响。诗歌在经历了盛唐的高潮之后，经过中晚唐诗人白居易、李贺、李商隐、杜牧等的开拓，在不同方向有了新的发展。更引人注目的是在诗的基础上形成的新的文学样式——词。以苏轼、辛弃疾为代表的豪放词人，以柳永、李清照为代表的婉约词人，共同将这一新文学样式提升为宋代文学的代表。值得特别关注的是，唐中叶以后传奇的兴盛，标志着中国小说进入成熟的阶段；而随着宋代商品经济的繁荣和市民文化的兴起，出现了用白话创作的话本小说，彻底改变了以文言文为语言工具的中国古代文学传统，在语言、叙述模式等方面为后世小说的发展奠定了重要基础。

中古期的第三段从元代开始，延续到明代中叶。从这时起，以小说、戏曲为代表的叙事文学开始取代诗、文，占据文坛的主导地位。元曲不仅是中国戏剧史上的一座里程碑，而且与唐诗、宋词并立，成为中国古代文学史上的又一大经典。《三国志演义》《水浒传》这两部长篇白话小说的出现，是这一时期的另一重要标志，它们预示着一个新的文学时代的到来。

近古文学

明中叶以后，直至1917年“文学革命”开始，这大约400年间的文学，属于近古文学。

从明中叶到1840年鸦片战争爆发是近古文学的第一段。这时，文学舞台上最耀眼的，不再是传统的诗、文，而是以戏曲、小说为代表的通俗文学。尤其小说，在文体样式、思想内涵等方面继续走向成熟，出现了《西游记》《红楼梦》《聊斋志异》《儒林外史》等经典作品，代表了中国古代小说的最高成就。

鸦片战争后，中国从封建社会逐步沦为半封建半殖民地社会。社会的变化带来了文学观念和文学创作的变化。文学开始被视为改良社会的工具，并逐渐接受西方文学影响，在传统框架下有了新思想、新风格的萌芽。

始于1917年的“文学革命”，是“五四”新文化运动的一部分，它以反对文言、提倡白话，反对旧文学、提倡新文学为旗帜，在中国文学史上竖起了一座鲜明的界碑。绵延数千年的中国古代文学就此终结，中国文学进入了一片全新的天地。

中国古代文学的主要特点

独特的文学观念

注重文学的社会性、实用性和对个人性灵的抒发，是中国古代文学重要而基本的观念。儒家经典《论语》即强调“诗可以兴，可以观，可以群，可以怨”，大意是说诗可以抒发情志，可以观察社会与自然，可以结交朋友，可以讽谏怨刺不平之事，体现出对诗的美学作用和社会教育作用的深刻认识。汉代学者王充认为：“为世用者，百篇无害；不为世用者，一章无补。”唐代诗人白居易说：“文章合为时而著，歌诗合为事而作。”宋代作家苏轼也指出，文学要“有为而作”，“言必中当时之过”。这些论述都强调文学“经世致用”的社会属性。与此同时，中国古代文学也不乏表现个人生活、情感的作品。以明代公安派、竟陵派为例，他们明确提出了诗文应“独抒性灵，不拘一格”。实际上，在文学实践中，这类注重抒发个人情感、意趣的作品在各时期广泛存在，并在很大程度上得到了更好的流传。

中国古代独特的文学观念，深受儒释道学说的影响。儒家主张“修身、齐家、治国、平天下”，“致君尧舜上，再使风俗淳”，即便像陶渊明那样的隐士，仍然有“大济于苍生”的理想。道家主张“道法自然”，自由自在，浑然天成，魏晋时期对文学影响颇深的玄学就是道家思想的一种发展形态。佛家作为一种宗教，特别是其中的禅宗一派，对古代失意文人的思想心态有重要的调节作用。

丰富的艺术手法

中国古代文学的艺术手法十分丰富，在人物刻画、环境描写、感情抒发等方面常采用情景交融、托物言志、反衬、想象、象征、用典、双关等多种手法。中国古代文学侧重于对人和物的“表现”而不是“再现”，即作者根据主观意愿将外界的人或物加以选择、抽象而重新在内心中组合，达到物我合一的境界。

在文学批评方面，中国古代文学发展出独特的气、韵、味、意、神、体、风骨、肌理、格调、意境等概念，形成了迥异于西方的文学写作和评价体系。简单地说，中国古代文学追求的最高境界是“只可意会，不可言传”，“不着一字，尽得风流”。这样的表述听上去充满了神秘、玄妙色彩，但对于中国古代的文学家而言，它们是非常易于理解和评判的。

“语”“文”分离

文言文是中国古代文学的主要书面载体，主要用于阅读和书写，与生活中的日常用语长期分离。同日常语言相比，文言文精练典雅、简洁明快，这使得中国古代文学有一种“简练”的语体特征，对古代文学美感、技巧、境界的形成和发展起到了关键性作用。在几千年的历史中，日常用语的变化非常大，而文言文的词语、句式、体例相对比较稳定，这就保证了中国文学传统的延续性。

尽管中国古代文学以文言文为主要书写方式，但也出现了白话文的因素，小说、戏剧等市民大众文学就多采用文白夹杂的语言，这种状况一直持续到晚清。在晚清文学改良运动中，语言变革是当时思想界、文学界关注的重点内容，“我手写我口”的主张逐渐获得广泛的认同。20 世纪初“五四”新文化运动后，白话文成为中国文学的主要书面语，第一次实现了“语”“文”结合。

“诗”“文”为尊

在中国古代文学的观念与实践中，“诗”“文”是文学的上乘，古代士人的创作以“诗”“文”为正宗，小说、戏剧多被视为游戏之作。这与西方文学明显不同，在西方文化语境中，古希腊悲剧是最崇高的艺术经典。中国古代小说、戏剧的社会文化地位比较低下，许多优秀的小说、戏剧作品，其作者都未能在历史上留下名字。直到 20 世纪前后，中国封建社会日趋没落，外忧内患的背景下，由于思想家和作家看重小说、戏剧对于开启民智、改造人心的巨大作用，如梁启超在《论小说与群治之关系》一文中所讲，“欲新一国之民，不可不先新一国之小说”，小说、戏剧的社会地位才逐步提高，并与“诗”“文”并列，共同形成四大文体。

接下来，我们将按照文体划分，对中国古代文学各时期重要的作家、作品进行更详细的介绍。

《中国历代诗家图卷》（局部），今人李俊琪绘。

文章楷模

在中国古代，“文”是最重要的文学体裁之一，也是使用范围最广、实用性最强的文体。和诗歌、小说、戏剧等相比，文章在内容上更讲求真实性。从语言形式上讲，“文”可以分为骈文、韵文、散文，这三种形式在文学史上交错发展。骈文是魏晋以来产生的一种文体，多采用四六句式，对仗工整，辞藻华丽，由于过分注重形式，内容表达多受限制。韵文是指讲究韵律、使用韵律格式写成的文章，包括颂、赞、箴、铭、哀、诔等文体。而中国古代散文的概念非常广泛，除去骈文和韵文的文章都可以称为“散文”。根据表达方式和写作内容的不同，散文又可以分为抒情散文、记叙散文、议论散文和山水游记散文等。

先秦诸子百家散文

春秋战国之际，小国林立，诸国争雄，战乱纷飞，没有了统一的王道，私人之学勃然兴起，各家著述争相面世，出现了中国历史上第一次大规模的思想论争和学术争鸣，后人称之为“百家争鸣”。

所谓诸子百家，是指当时著书立说者之众，影响之大，风格之各异。据《汉书·艺文志》概括，诸子主要有十家：儒家、道家、法家、墨家、名家、纵横家、阴阳家、农家、杂家和小说家。从当时乃至后来的影响来说，更为重要的是儒、道、法、墨这四家。诸子各家著书立说，重在表明观点、陈述事理，而在形式上则多以散文为主。在诸子学术散文中，影响最大的主要有《论语》《老子》《庄子》等。

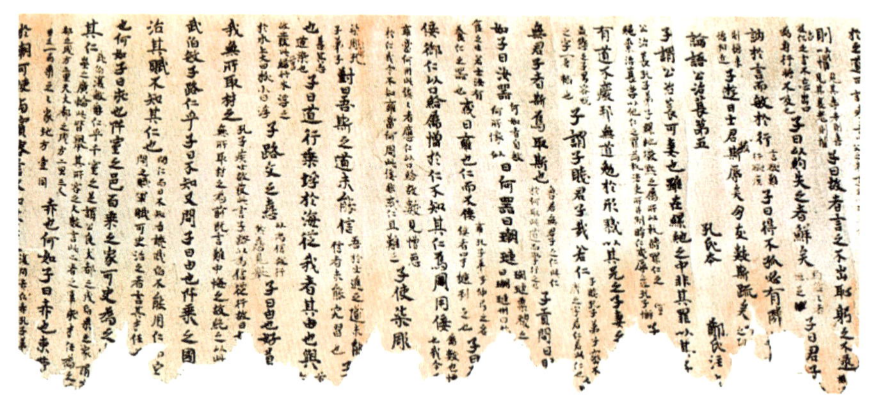

唐写本郑玄注《论语》残页

明代《圣迹图》（局部），描绘了孔子周游列国、退修诗书、教授弟子的生活片段。

《论语》

《论语》是一部记述孔子及其弟子言行的典籍。今本《论语》共20篇，编纂时间大约从战国初年开始。

孔子（前551—前479），名丘，字仲尼，鲁国陬邑（今山东曲阜）人，儒家学说创始人。其祖先是宋国贵族，后迁于鲁国。孔子一生均不得志，虽曾任鲁国司寇，并周游列国，竭力推行自己的政治主张，但始终未实现其志向。最终他返回鲁国，从事教学和著述，相传他有弟子三千，高足七十有二。《论语》比较系统地反映了孔子的思想。孔子思想的核心是“仁”与“礼”。所谓“仁”，主要是道德修养和伦理教化；所谓“礼”，指政治制度、道德规范等。孔子主张“非礼勿视，非礼勿听，非礼勿言，非礼勿动”，认为只有遵循“礼”，才能维护“君君、臣臣、父父、子子”的天下秩序。

《论语》在教育方面也具有重要的意义。《论语》生动地记述了孔子诲人不倦、因材施教、循循善诱的教育主张和他身体力行的实践活动。其中的一些著名言说，如“有教无类”，“知之为知之，不知为不知”，“学而不思则罔，思而不学则殆”等，几千年来一直深深影响着中国人。

从文学角度看，《论语》采用了语录体的散文形式，意味深长而又言简意赅，朴实生动而又含蓄隽永。即使是长篇论道，也不乏风趣，充盈着浓郁的感情色彩。《论语》还记述了孔子对文艺的一些精辟见解，如“诗三百，一言以蔽之，曰思无邪”，这一看法对后世中国文学的发展产生了深远的影响。

《老子》

老子，姓李名耳，字聃，故又名老聃，春秋时楚国人，道家学说创始人。据后世学者考证，《老子》一书并非老子本人所作，而是成于后学之手。今存《老子》共 81 章，上篇 37 章，称《道经》，下篇 44 章，称《德经》，故《老子》又称《道德经》。

《老子》言不过五千，但玄妙精深，集中表达了老子较为完整的哲学思想体系。“道”与“自然”是老子的哲学思想的核心。他强调：“道可道，非常道”，“天乃道，道乃久，殁身不殆”，“人法地，地法天，天法道，道法自然”。老子所说的“道”，不是人的意志，也不是社会的制度，而是天地万事万物存在与变化的普遍原则和根本规律，是“自然”之“道”。老子提出的“道”，标志着人类对世间万物的认识达到了一个很高的层次，标志着中国的哲学思想发展到一个崭新的高峰。老子的“自然之道”，不仅强调“自然无为”“无为而治”的人生哲学，而且充满了辩证法：

> 祸兮，福之所倚；福兮，祸之所伏。
>
> 天下莫柔弱于水，而攻坚强者莫之能胜，以其无以易之也。弱之胜强，柔之胜刚，天下莫不知，莫能行。
>
> 信言不美，美言不信。善者不辩，辩者不善。知者不博，博者不知。

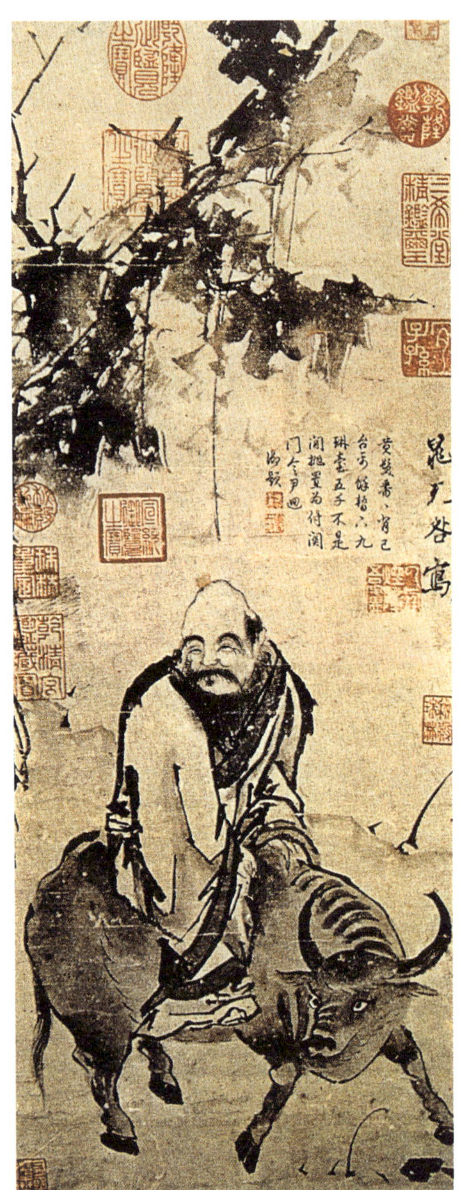

《老子骑牛图》，宋人晁补之绘。传说老子见周王室衰微，遂骑青牛出关远去，莫知所终。

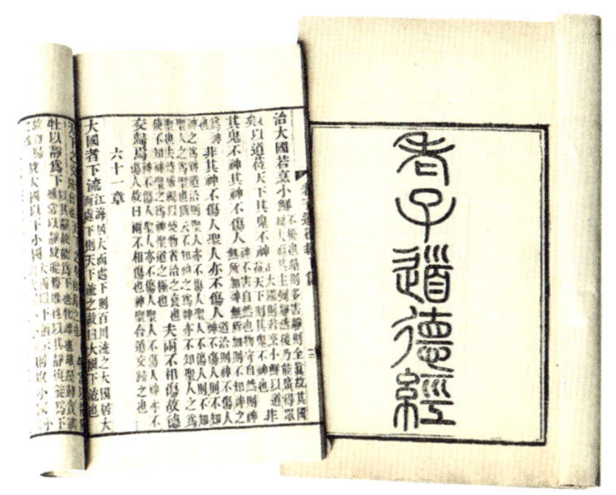

《道德经》书影

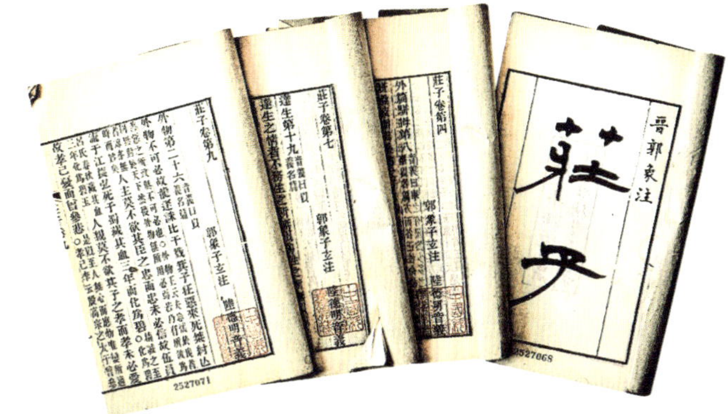

清光绪刊本《庄子》

《老子》之文简约凝练，明白晓畅而发人深省。它的文句多用方言、谚语、格言、警句，增添了其浓厚的哲学意蕴，同时又具有诗的韵味。

《庄子》

据《汉书·艺文志》著录，《庄子》共 52 篇，今存 33 篇，是先秦道家学派的主要代表著作。作者庄子（约前 369—前 286），名周，战国中期宋国人。庄子的学术属于道家的范畴，他对老子有继承，更有发展。从孔子到老子再到庄子，可以看出中国政治与哲学思想的不同发展轨迹：孔子是“知其不可为而为之”，老子是“无为而无不为”，庄子则是主张“无为”或“不为”。看起来庄子的思想比较消极虚无，是在追求一种绝对的精神自由和对现实社会的彻底超脱，幻想出一个不受任何条件限制的精神境界，但实质上，在庄子的哲学思想中，更多的是一种对理想的追求，比如他刻意强调的“至人无己，神人无功，圣人无名”，就是一种典型的理想人格状态。孔子的现实之道有着积极进取的意义，老子的玄妙之道有着顺应自然的重要价值，而庄子的理想之道则有着超越现实的独特作用。

此外，《庄子》更为重要的价值在于其散文的艺术魅力。世人常用“天马行空”来形容庄子散文汪洋恣肆、超群绝俗的文风，而恢诡谲怪的艺术形象也是庄子散文的独特之处。奇大无比的鲲鹏、庄周梦

《梦蝶图》，元代刘贯道绘，取材于《庄子·齐物论》：庄子在梦中化为蝴蝶，梦醒后不知是自己化做了蝴蝶，还是蝴蝶化做了庄子。

化的蝴蝶、形体残缺的支离疏、运斤成风的匠石等等，都是庄子笔下的神来之物。从构思到行文的奇异风采，使《庄子》成为先秦散文的辉煌代表。

司马迁与《史记》

司马迁（约前 145—前 87），字子长，西汉人。司马迁自幼诵读经文，20 岁游历南北，并数次跟随汉武帝出游，还曾奉命出使西南。38 岁承父职为太史令。司马迁得以完成《史记》，与他这些实地考察和人生体验，以及他对古今历史的通晓，对文化典籍和人文习俗的熟悉，对天文地理和民族风情的了解等，都有着密切的关系。

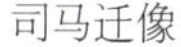

司马迁像

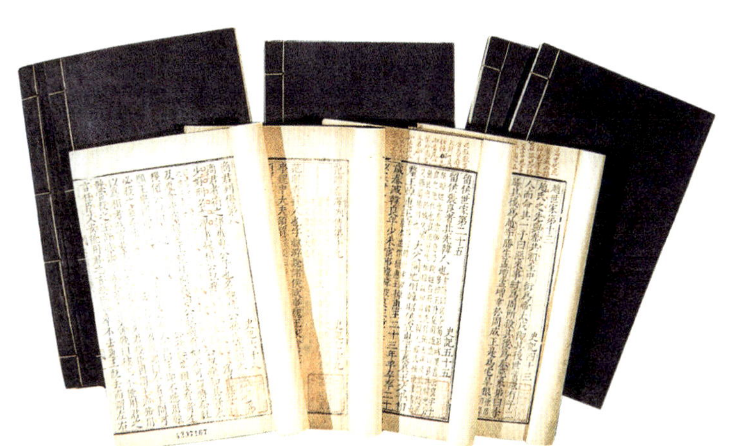

《史记》书影

天汉二年（前99），司马迁因替战败投降匈奴的李陵辩解而下狱，并遭受腐刑之辱。出狱后，司马迁忍受着精神和肉体的双重痛苦，继续撰写《史记》。入狱和受辱，对司马迁的人生和《史记》的写作都产生了巨大的影响。他在此间写下名篇《报任安书》，痛诉武帝的寡恩，揭露狱吏的残酷，剖析人际的势利，倾吐了撰写《史记》的态度和宗旨：《史记》所记凡3000余年历史，欲“究天人之际，通古今之变”。这表明司马迁写《史记》，旨在钩沉3000年历史之大变故，探究这些变故之中的前因后果。它是对历史的记载，更是对历史的沉思与反省。

司马迁的《史记》在写史的体例上，在对待历史的态度上，在文章的文学形式上，都有重要的开创性意义，对后世产生了深远的影响。

首先是《史记》独创的纪传体例，以本纪、书、表、世家、列传这样五个方面，系统、全面地展现历史事件，描摹与刻画历史人物形象，揭示历史发展的本质内涵。其中本纪、世家、列传三种，均以人事为主，是《史记》的主线。此外，“书”主要记载历代重要的典章制度及其沿革，“表”主要包括大事年表和人物年表。

《史记》的又一个重要价值在于司马迁对待历史“不虚美，不隐恶”的实录态度和爱憎分明的批判精神。司马迁以严谨审慎的态度对

鸿门宴是项羽霸业至关重要的转折点，亦是《项羽本纪》中描写最为精彩之处。

京剧经典剧目《霸王别姬》剧照。该剧取材于《项羽本纪》篇末，描写项羽被困垓下，四面楚歌，泣别爱妾虞姬，最后在乌江边自刎。

待历史资料，实则记，虚则不记，虚实之间则留有余地。这种态度和做法，给后人留下了具有真正参考价值的材料，而绝不虚妄历史，误导后世。司马迁写《史记》，从不隐瞒自己鲜明的主观情感和价值判断，以古鉴今的意图贯穿始终。他对历史上那些狡诈奸佞之徒、荒淫自私之辈、残暴无赖之人，给予了无情的痛斥与批判，包括对汉代最高统治者如刘邦，也不回避批判的锋芒。而对那些言必信、行必果的游侠之士，忠而被谤、死而无悔的正直之人，重义轻生、慷慨赴死的正义之士，则给予了热情的赞美与讴歌。在这些褒贬之间，寄予着司马迁的人格信念和社会理想。

《史记》的另一个突出价值在于它的文学成就。它不仅叙事生动精彩，语言精炼老道，同时非常注重描写人物，这较之以往的《左传》《战国策》等史书有了很大的发展。纵观《史记》，凡写史，多以人物为事件的中心，由栩栩如生的人物形象来展现生动真实的历史画卷。《史记》既描写了许多不同类型的人物，又写出了同一类型人物中不同个体的不同性格与不同遭际。而这些人物的性格与命运，又带动了历史叙述的波澜起伏。例如《项羽本纪》，通过项羽壮烈而悲剧的一生，展现了秦汉之交的风云变幻。司马迁在文中着力塑造了项羽“力拔山兮气盖世”的英雄形象，同时也没有回避他性格中的弱点，比如暴戾嗜杀、喜好猜忌、有勇无谋。对于这一悲剧人物，司马迁虽不乏深刻的挞伐，但更多的是由衷的惋惜和同情。文中“鸿门宴”一段，描写了众多人物，形态、性格迥异，却都栩栩如生，戏剧性冲突此起彼伏，引人入胜，堪称文学描写的经典之笔。

中国现代文学家鲁迅称《史记》为“史家之绝唱，无韵之《离骚》”，既高度肯定了《史记》的历史价值，又高度评价了《史记》的文学价值。

唐宋八大家

继诸子散文和《史记》之后，唐宋时期，中国古代散文迎来了又一次发展高峰。特别是在唐宋古文运动的影响和推动下，诸多作家各显才能，使唐宋散文呈现出一派新的气象。其中风格独特、影响较大的有唐代的韩愈、柳宗元和宋代的欧阳修、苏洵、苏轼、苏辙、王安石、曾巩，史称“唐宋八大家”。唐宋八大家都是古文运动的重要代表，他们反对骈文，提倡散文，强调文章写作的新奇与自然，主张质朴畅达的文风。他们的文学理论和创作实践，对唐宋以来文学特别是散文的发展产生了重要而深远的影响。

韩愈

韩愈（768—824），字退之，因郡望是河北昌黎，人称韩昌黎。谥号“文”，又称韩文公。韩愈自幼刻苦好学，虽有过人的文学才华与政治见解，官至兵部侍郎、吏部侍郎、京兆尹等，但一生均不得志。著有《韩昌黎集》四十卷等。

韩愈像

韩愈的文章在思想上尊崇儒道，对儒家“道统”观念在中国的确立起到了重要作用。在文风上，韩愈讲究新奇险异，稳中有变。韩愈的文章尤其注重对语言的锤炼，融文言与口语为一炉。如他的《师说》等文，平铺直叙而又跌宕起伏，气势雄浑而又浅切亲和，既是议论文，又是杂文。晚唐诗人杜牧（803—约852）把韩愈散文与杜甫诗歌并称为“杜诗韩笔”，可见韩愈散文在文学史上地位之高。

柳宗元

柳宗元（773—819），字子厚，祖籍河东（今山西省运城市），世称柳河东。46 岁客死柳州，人们又称其柳柳州。柳宗元一生创作诗文 600 余篇，诗很出色，而文的成就和影响更大。主要作品见《柳河东集》四十五卷。

柳宗元与韩愈有着共同的文学志向，一致反对六朝以来浮华艳丽的文风，积极倡导意蕴隽永而朴实畅达的文章。柳宗元的散文意蕴高远，文字质朴，尤其是他的游记、寓言等作品，最为奇异独特，受世人称道。他被贬永州之后写下的《永州八记》是其游记散文的经典之作，其中的《小石潭记》更是脍炙人口的名篇。这些游记看似寄闲情于山水之间，然心中风云翻滚，寓人生体悟于自然情景之中。语言清奇峭拔，淳朴凝练。在中国文学史上，山水游记作为一种独立的体裁，乃自《永州八记》起。在柳宗元的散文创作中还有一些寓言故事，如《永某氏之鼠》《临江之麋》《黔之驴》等，写得诙谐生动，寓意

清代吴友如根据柳宗元《种树郭橐驼传》创作的绘画。这篇散文以郭橐驼种树为喻，阐明为政要顺应民心，使人民休养生息。

深刻。

欧阳修

欧阳修（1007—1072），字永叔，号醉翁，谥号文忠，故后人常称其欧阳文忠。北宋时期政治家、文学家、史学家。曾与宋祁合修《新唐书》，并独撰《新五代史》。其主要著述收于《欧阳文忠公文集》。欧阳修政治上多有作为，文学上也大有建树。他积极引领北宋诗文革新运动，其诗、词、文名扬天下，苏轼兄弟及曾巩、王安石等皆出其门下。

欧阳修的文章抒情、说理皆为上乘，抒情则真切委婉，说理则通达酣畅，既重气势又讲深婉。《朋党论》《五代史伶官传序》《醉翁亭记》《秋声赋》《祭石曼卿文》《卖油翁》等，均为欧阳修的名篇。

“三苏”

“三苏”，即父苏洵、兄苏轼、弟苏辙三人的合称。苏洵（1009—1066），字明允，号老泉，眉州眉山（今属四川）人。主要作品收入《嘉祐集》。苏洵既有政治抱负又有军事眼光，在《衡论》《上皇帝书》《六国论》等文章中，他勇于提出治理国家、革新政治的主张。其散文尤以政论文最为雄健犀利，切中时弊而又鞭辟入里。苏轼（1037—1101），苏洵之子，字子瞻，号东坡居士，世人多称其苏东坡，北

安徽滁州醉翁亭。《醉翁亭记》创作于欧阳修被贬滁州太守期间，描写了滁州山间景色，以及游人和作者在山水间感受到的快乐。

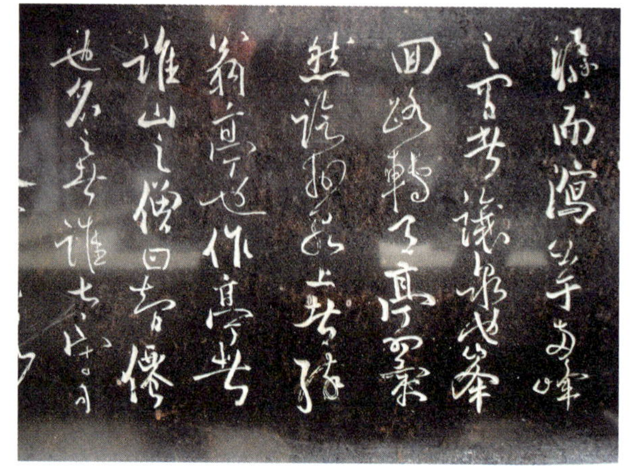

《醉翁亭记》碑文，由欧阳修的门生苏东坡手书。

三苏祠，位于三苏的故乡四川眉山。

宋著名文学家、书画家。主要诗文有《东坡七集》等。苏轼多才多艺，其诗词豪放纵横，独创一派，而其散文亦平易爽直，自具一格，与欧阳修并称“欧苏”。苏辙（1039—1112），字子由，苏轼之弟。苏辙治学、写作深受其父兄影响，擅长政论和史论，主要作品有《诗传》《春秋传》《古史》《老子解》等。苏辙强调“养气”说，即文章要以广阔深厚的人生阅历为底蕴，注重作者内心的修养。他的文章风格平淡中见波澜，质朴中有醇厚。

王安石

王安石（1021—1086），字介甫，北宋临川（今江西省东乡县）人，北宋政治家、思想家、文学家。主要著述见《王临川集》《临川先生文集》《临川集拾遗》《临川先生歌曲》等。王安石一向反对空泛靡弱的文风，他的文学主张和创作均与其政治理想密切相关，强调文学的社会作用，主张文学“务为有补于世”。王安石创作多能，尤以诗、文更胜。其文多为政论，思想深刻，言辞犀利，具有强大的逻辑性和说服力，显示出一个政治家的独到见解和开阔胸襟。《上仁宗皇帝书》《答司马谏议书》《读孟尝君传》《伤仲永》等均为王安石的传世名篇。

王安石像

曾巩

曾巩（1019—1083），字子固，今存《元丰类稿》五十卷。曾巩是北宋诗文革新运动的积极参与者，其散文创作自成一家，成就很高。王安石在《赠曾子固》中如此赞叹：“曾子文章世稀有，水之江汉星之斗。”曾巩作文重“道”，而不重“体”，他的文章以杂记、序文与书信等成就最高。《寄欧阳舍人书》《上福州执政书》《战国策目录序》等历来为世人所称道。

诗的辉煌

中国是一个诗的国度。在漫长的数千年中，诗歌一直与文章一道被视为文学的正宗，发展脉络十分丰富。中国古代诗歌按音律，可分为古体诗和近体诗。古体诗主要指唐代以前的句数和字数不定、较少格律限制、押韵较自由的诗。近体诗是相对于古体诗而言的格律诗，成熟于唐代，主要包括律诗和绝句。律诗每首八句，绝句每首四句，诗句一般为五言和七言，有严格的韵律，律诗还要求按规定的位置对仗。根据作品内容的不同，中国古代诗歌又可以分为咏物诗、送别诗、边塞诗、怀古诗、闺怨诗、讽刺诗、山水田园诗等；按作品内容的表达方式，又可分为抒情诗、叙事诗。广义来讲，中国古代诗歌包含诗、词、曲等多种形态。

不同时期的诗歌又表现出不同的历史文化特色，如人们通常说的唐诗重情，宋诗重理。不同地域的诗歌也带有各自鲜明的地方特征，例如同为先秦时期的经典，《诗经》以黄河流域为中心的北方地区为描写对象，风格朴素；《楚辞》主要描写的则是长江中下游的楚地生活，感情热烈，想象丰富。

《诗经》：第一部诗歌总集

《诗经》是中国最早的一部诗歌总集，是中国诗歌传统的起点。《诗经》最初在先秦时代称为《诗》，或称《诗三百》。到了汉代，《诗》被列为儒家经典之一，由此称为《诗经》。《诗经》收入的作品，在时间上大致从西周初年到春秋中叶。

《诗经》存目311篇，实有305篇，均可入乐。根据音乐的不同，《诗经》按“风”“雅”“颂”三大类分类编目。“风”主要是民间歌谣，多为劳动者所作；“雅”分为“小雅”与“大雅”，主要是朝会宴请时的乐歌，多为贵族文人所作；“颂”主要是宗庙祭祀时的乐歌，也多是贵族文人所作。

《诗经》思想内容非常丰富，包括了当时社会上至贵族阶层、下至普通民众各方面的生活，主题既有历史、赞颂、怨刺，也有婚恋、农事和征役等等。如著名的《关雎》：

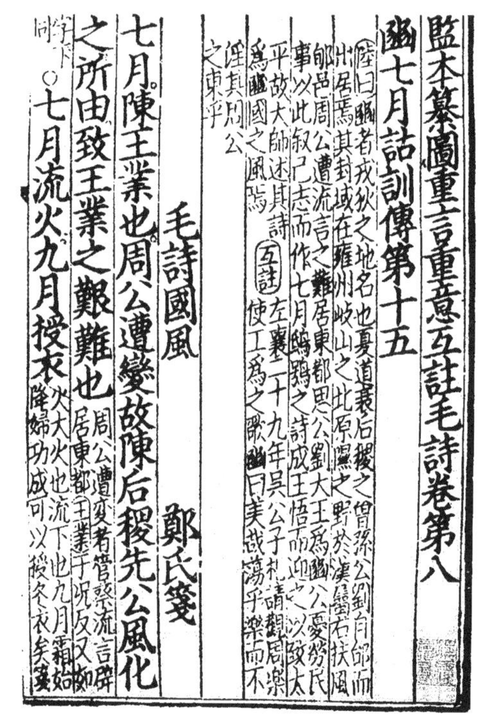

監本纂圖重言重意互註毛詩卷第八

豳七月詁訓傳第十五

陸曰豳者戎狄之地名也夏道衰后稷之曾孫公劉自邰而出居焉其封域在雍州岐山之北原隰之野於漢屬右扶風郇邑周公遭流言之難居東都思公劉大王為豳公憂勞民事以此叙己志而作七月鴟鴞之詩成王悟而迎之以致太平故大師述其詩為豳國之風焉 互註 左襄二十九年吴公子札請觀周樂使工為之歌豳曰美哉蕩乎樂而不淫其周公之東乎

毛詩國風　鄭氏箋

七月陳王業也周公遭變故陳后稷先公風化之所由致王業之艱難也 周公遭變者管蔡流言辟居東都王業于況反又如字下同

○七月流火九月授衣 火大火也流下也九月霜始降婦功成可以授冬衣矣箋

宋刻本《诗经》书影，中国国家图书馆藏。

关关雎鸠，在河之洲。窈窕淑女，君子好逑。
参差荇菜，左右流之。窈窕淑女，寤寐求之。
求之不得，寤寐思服。悠哉悠哉，辗转反侧。
参差荇菜，左右采之。窈窕淑女，琴瑟友之。
参差荇菜，左右芼之。窈窕淑女，钟鼓乐之。

作为一首民间情歌，它不仅表现了人间美好的爱情，也写出了追求爱情的美好过程，淳朴清新，生动细腻，情意盎然，千百年来代代相传，影响深远。《诗经》里的《伐檀》《硕鼠》《蒹葭》《七月》《采薇》等篇，或表现底层民众的劳作之苦与反抗之情，或描写战争的悲壮，或抒发怀人思情的缠绵悱恻。其中的“蒹葭苍苍，白露为霜。所谓伊人，在水一方”，“昔我往矣，杨柳依依；今我来思，雨雪霏霏”等，都是千古流传的名句。

《豳风图》（局部），宋代马和之绘。《豳风·七月》是一首农事诗，叙述了农人全年的劳动情景，以及农闲时农人聚在一起的宴饮之乐。

《出车图卷》，宋代马和之绘。《出车》是《小雅·鹿鸣之什》中的一篇，描绘了周朝军队凯旋还师的场景。

《诗经》有着自己鲜明的艺术特色。从最基本的表现形式来看，《诗经》的篇章多以四言句式为主，每句二拍形成节奏，这种形式简洁明快，易于吟唱，便于流传。《诗经》这种纯朴的艺术形态直接影响着中国诗歌的平实之风。当然，《诗经》的篇章又都是入乐之作，因此也体现出浓郁的音乐美，重言、双声、叠韵，包括许多虚词的运用，回环往复，一唱三叹，既构成了诗歌想象的丰富生动，又显示出很强的音乐感染力。

《诗经》的又一个特点，是它的真情实感，直抒胸臆。许多篇章真实反映了当时的现实生活，自然率真地表达出作者的思想感情，没有做作的形式，没有矫揉的情态，一切都是生活本身的反映。无论是出自民间，还是来自上层文人，很少刻意为之。真实使《诗经》的思想内涵与艺术魅力达到了高度的融合，《诗经》的这种风气也对后世的诗风影响深远。

《诗经》的再一个重要特点，正如孔子所言：“《诗》，可以兴，可以观，可以群，可以怨。迩之事父，远之事君；多识于鸟兽草木之名。” 所谓兴、观、群、怨，概括了《诗经》的艺术感染、思想认识、教育效能和讽刺批判等多种价值。作为中国的第一部诗歌总集，《诗经》的这些价值无疑对中国

《周颂清庙之什图》（局部），宋高宗赵构书，马和之绘。《周颂·清庙之什》共有十首诗，都是祭祀历代周王的乐歌。

后世的诗歌创作，乃至对整个中国文学在审美价值和思想意义等方面的追求，都起到了极大的作用。

尤其值得关注的是，后人从《诗经》的创作中揭示了中国古代诗歌艺术表现的具有普遍意义的手法，这就是赋、比、兴。赋指铺陈、排比；比指比喻；兴指托物起兴，先言他物，再借以联想，引出诗人想要表达的事物、思想和感情。这三者各有功能，各具特色，却又相互通融，互为因果。《诗经》的赋、比、兴对后世各代诗文创作有着深刻影响。可以说，一部《诗经》触动了中国诗歌创作的情思与兴致，哺育了一代又一代的诗人。

屈原：浪漫抒情之诗

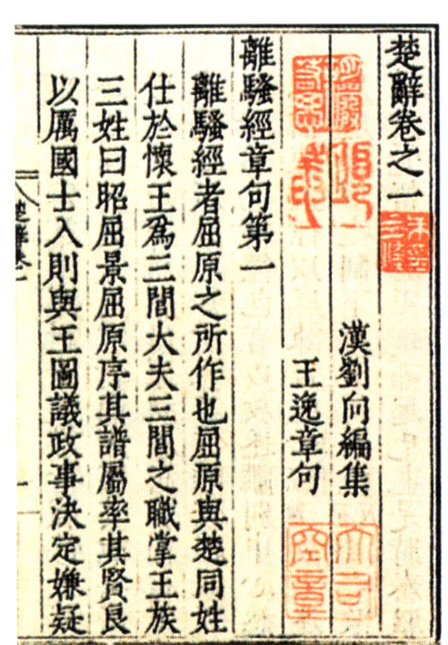
楚辭卷之一
漢劉向編集
王逸章句
離騷經章句第一
離騷經者屈原之所作也屈原與楚同姓
仕於懷王爲三閭大夫三閭之職掌王族
三姓曰昭屈景屈原序其譜屬率其賢良
以厲國士入則與王圖議政事決定嫌疑

《楚辞》（明刊本）书影。西汉时，刘向将屈原全部作品及宋玉等人的作品编辑成集，称之为《楚辞》。

屈原（前 340—前 278）是中国古代文学史上伟大的浪漫主义诗人，他首开浪漫抒情之风，对后世中国诗歌的创作和发展产生了深远的影响。

屈原，名平，字原，战国后期楚国人。屈原是楚辞的创始人，也是楚辞成就最高的代表作家，代表作有《离骚》《天问》《九章》《九歌》等。楚国兴盛于春秋时期的江汉流域，“楚辞”即楚地的歌辞，是战国后期产生于楚国的一种新的诗体。与现实主义特色为主的《诗经》不同，“楚辞”具有浓郁的浪漫主义情调，并有着鲜明浓厚的地方色彩。

《离骚》是屈原最有影响的代表作，也是楚辞中思想艺术境界最高的作品。屈原创作《离骚》有着特殊的时代背景。战国之际七雄争霸，秦、楚两国相争尤为激烈。但到屈原之时，楚国虽依然是大国，却已是内忧外患交困，败象丛生。屈原积极主张抗秦救国，但他惨遭奸佞小人的陷害，也遭到昏聩的楚怀王的怒斥。屈原空怀一腔爱国热忱，始终不忘楚国的安危。面对无法实现理想的黑暗现实，屈原乃慷慨高歌，寄情于诗作，抒发以民为本、举贤使能、修明法度、天下一统的美好愿望。这就是司马迁所说的屈原“忧愁幽思而作《离骚》”。可见，《离骚》不是单纯的文学创作，而首先是屈原高远的政治理想的阐发，是一腔爱国热情的集中展示，是高洁的人格的闪光体现。

《离骚》全篇约2500字，但它不是叙事诗，而是抒情诗，抒发的是诗人自己的情怀。而这一情怀是以诗人的思想人格为底蕴的。屈原最闪光的思想人格有两点：其一是他深沉执着的爱国情感。屈原始终以一颗赤子之心，深情地眷恋着自己多难的祖国，个人的进退乃至生死，都不能改变他坚定的爱国信念。其二是他对真理的不懈追求和对黑暗现实的无情批判。屈原追求真理，虽九死而不悔，“路漫漫其修远兮，吾将上下而求索”！屈原清楚国家的危难，人民的苦痛；熟知楚王的昏聩，奸佞小人的无耻。所有这一切，他都在《离骚》中给予了无情的揭露与批判。尤为可贵的是，在屈原身上，在《离骚》当中，有一

《屈子行吟图》，今人傅抱石绘。画中被朝廷放逐的屈原腰佩宝剑，缓步行吟于汨罗江畔。

种明知其不可为而为之的执着的精神，惟其如此，屈原及其《离骚》才更显出“独立不迁”的人格魅力和思想力量。

《离骚》是中国古代文学史上最长的抒情诗，也是第一首由诗人自觉创作、独力完成的长篇抒情诗。它确立了诗歌的抒情主体的地位和作用，在中国文学史上首开浪漫之风，和《诗经》一起成为中国文学现实主义和浪漫主义的两大源头。《离骚》以诗人对抒情的高度自觉而显示出很强的整体性，它完整地塑造了抒情主人公的形象，从诗人的家世与生平，到诗人的理想与追求，以及为实现这种理想所付出的艰苦卓绝的努力，都是通过主人公的情感抒发来体现的。同时，《离骚》在《诗经》赋、比、兴表现手法的基础上，有了新的推进，特别是在托物寓情、情景交融、主客观融为一体等方面，联想四起，想象无穷，创造出丰富多彩的意象和意境，在浓烈的诗情画意之中，展现出浪漫主义的神奇魅力。

在诗歌形态上，《离骚》打破了《诗经》的四言形式，纵横驰骋，不拘一格。《离骚》虽然是诗，但也多采用散文的写法，结构自如，散韵结合，语法多变，这种体式被后人称之为“骚体”。这是屈原与《离骚》对中国文学的重大贡献。

《湘君湘夫人》，明代文征明绘。屈原《九歌》中《湘君》《湘夫人》，表现了两位湘水之神彼此的爱慕、盼望，直至会合无缘的幽怨。

陶渊明：田园隐士之歌

陶渊明（约 365—427）是中国最伟大的归隐诗人，他的田园诗在中国诗歌史上有着光辉的地位。

陶渊明，字元亮，一说名潜，字渊明，别号五柳先生。陶渊明曾怀有济世宏愿，但又深爱大自然，厌恶名利与世俗，老庄思想对他的影响很深。29 岁起，迫于生计，他做过县令一类的小官。这以后的 13 年间，他仕途坎坷，时仕时隐。至 41 岁那年，他终于不愿“为五斗米折腰”，愤然辞官，回家乡隐居躬耕。此后 20 多年间，直到去世，陶渊明再未出山入仕。他安贫乐道，与诗酒相伴，以耕读自娱，表现出清平而崇高的胸怀。

《问征夫以前路》，明代马轼绘，描绘了陶渊明弃官归里，歧途中向征夫问路的情景。

陶渊明的归隐在中国文学史上有着重要而独特的意义。首先，陶渊明的由仕而隐，是真性情的真实流露，体现了他对社会黑暗、对仕途污浊、对人生价值的透彻的体悟，以及与众不同的人生境界和对艺术的独特理解。世人都把《归去来兮辞》看做是陶渊明归隐田园的真情告白：

> 归去来兮，田园将芜胡不归！
> 既自以心为形役，奚惆怅而独悲？
> 悟已往之不谏，知来者之可追。
> 实迷途其未远，觉今是而昨非。
> 舟遥遥以轻飏，风飘飘而吹衣。
> 问征夫以前路，恨晨光之熹微。

陶渊明坦诚地表露了自己决意辞别官场的心境，决不再“心为形役”。他尽情想象着离开官场、归隐田园的自由与畅快！这篇《归去来兮辞》还不是陶渊明归隐田园生活的实际描写，而是他刚决意归隐之际的心情和对今后生活的向往。

其次，陶渊明的归隐本身有着独特的内涵。他的归隐不是某种策略，而是实实在在的归隐，是在归隐中实现自己的人生价值。所以，他一旦归隐，就全身心地投入到田园生活之中，亲事耕作，既备受艰辛，又饱饮甘甜。他通过自己的劳作奠定了田园生活的基础，并在这一过程中享受到人生的乐趣。且看他的《归园田居》五首之一：

《渊明醉归图》，明代张鹏绘，展现了陶渊明把菊饮酒的隐士风范。

少无适俗韵，性本爱丘山。误落尘网中，一去三十年。
羁鸟恋旧林，池鱼思故渊。开荒南野际，守拙归园田。
方宅十余亩，草屋八九间。榆柳荫后檐，桃李罗堂前。
暧暧远人村，依依墟里烟。狗吠深巷中，鸡鸣桑树颠。
户庭无尘杂，虚室有余闲。久在樊笼里，复得返自然。

这首诗是诗人归隐田园之后欢畅心情和宁静生活的真实写照。在反省了自己 30 年的“误入尘网”之后，诗人尽情地叙述了在田园山水之间的自足自娱，方宅茅屋，榆柳桃李，狗吠鸡鸣，一片自然和谐的景象，让人感受到诗人的心情是那么纯净和幸福。

也应该看到，陶渊明虽然归隐田园，但其心境并不可能完全静若止水。他的《杂诗》第二首中写道：“欲言无予和，挥杯劝孤影。日月掷人去，有志不获骋。念此怀悲凄，终晓不能静。”再平静的生活也掩盖不住诗人心中的波澜，归隐是其人生的一种价值实现，但天下依然常常装在他心中。由此看到，陶渊明的归隐生活是有着丰富的内涵的，失望中有追求的愿望，欢乐中有致远的意向，宁静中有波涛的起伏。这些共同构成了陶渊明田园诗的胸襟、情怀、志趣。

陶渊明的田园诗作，形成了自己独有的艺术特色。就总体风格而言，它们以独特的情境和方式，表达了对大自然的态度，阐述了人与自然之间的审美关系，并以一种优雅恬淡的情调，表现出人与自然和谐相处的美好。如《饮酒》其五：

结庐在人境，而无车马喧。
问君何能尔？心远地自偏。
采菊东篱下，悠然见南山。
山气日夕佳，飞鸟相与还。
此中有真意，欲辨已忘言。

这已不仅仅是对自然美景的赞叹，也不仅仅是对诗人自己悠闲心情的陶醉，更是达到了一种哲学的境地，一种天人合一、物我一体的境地。

陶渊明的田园诗，语言清新平淡，多有乡土气息，给人一种很实在的感觉。包括诗人笔下的田园景物，也都是人们习以为常的，如《归园田居》五首之三：

种豆南山下，草盛豆苗稀。
晨兴理荒秽，带月荷锄归。
道狭草木长，夕露沾我衣。
衣沾不足惜，但使愿无违。

一切都是普普通通的日常生活，但其中又蕴含着诗人的人生理想，没有说教，没有宏篇巨论，看起来更像是喃喃自语，浅切自然，朴实醇厚。这正是陶渊明及其田园诗歌的魅力所在。

《带月荷锄归》，清代石涛绘，取陶渊明《归园田居》其三“晨兴理荒秽，带月荷锄归”诗意。

《悠然见南山》，清代石涛绘，取陶渊明《饮酒》其五“采菊东篱下，悠然见南山”诗意。

诗仙李白

李白（701—762）的诗作是继屈原楚辞之后，中国古代诗歌史上又一座浪漫主义的高峰。他的豪放性格，他的卓越才能，他的深思妙想，把中国浪漫主义诗歌创作推向一个更高更新的境地。

李白，字太白，祖籍陇西成纪（今甘肃天水），先世于隋末流徙中亚碎叶城，李白即出生于此。后随父迁居四川绵州彰明县（今四川江油县）青莲乡，所以号青莲居士。李白早年在蜀中读书、习剑、漫游之时，就开始写诗，《峨嵋山月歌》《白头吟》等篇，虽不出众，但浪漫飘逸之气已显。青年时期，李白四处漫游，大开眼界，诗作日增，《江上吟》《长干行》《望庐山瀑布》《渡荆门送别》《黄鹤楼送孟浩然之广陵》等名篇佳作也不断出现。天宝年间，李白应诏赴长安，供奉翰林，并受到唐玄宗的礼遇，但时日不长即遭权贵排斥而去职。此后，历经安史之乱等社会动荡，一直命运不佳，遭遇坎坷，漂泊不定，最后客死安徽当涂。离开长安之后，李白留下了《古风》五十九首、《行路难》、《蜀道难》、《将进酒》、《梦游天姥吟留别》等饱含深切思考和神来之笔的传世之作。李白存诗 990 多首，诗文收入《李太白全集》。

《太白醉酒图》，清代苏六朋绘，描画了李白醉酒于唐玄宗宫殿之内，由内侍二人搀扶侍候的情景。

《匡庐瀑布图》，明代谢时臣绘，取李白《望庐山瀑布》诗意。

李白思想驳杂，性情豪放，儒家的正统礼义、道家的神仙隐逸、纵横家的开阖不羁，以及徜徉在山水之间、无所挂念的游侠思想等，都在他的身上有所体现。但总体来看，李白是有着自己独特的思想性情的。其中最突出的，就是理想与现实的矛盾冲突：他既有一份对国家和社会的责任，有强烈的入世愿望，但同时他又对统治者的荒淫和社会的黑暗异常不满、愤怒；他希望自己有所作为，但又与权贵阶层和等级制度格格不入。他总想着能够在皇帝的重用下，一举实现“济苍生”“安社稷”的宏图大愿，随即功成身退，一生圆满。显然，他的这种想法太过天真浪漫了，无情的现实一次又一次地将他的愿望击碎。这种矛盾痛苦的经历，一方面增强了李白独立不逊、狂傲不羁的思想性格，另一方面，也直接影响到他诗歌创作中浪漫之风的形成。

李白诗歌的艺术成就，集中体现在三个方面。一是豪放的气势。《望庐山瀑布》之“飞流直下三千尺，疑是银河落九天”，《望天门山》之“两岸青山相对出，孤帆一片日边来”，《早发白帝城》之“两岸猿声啼不住，轻舟已过万重山”，《行路难》之“长风破浪会有时，直挂云帆济沧海”……这些诗句穿越时空，动人心魄，前无古人后无来者，无不显示出诗人超人出众的气势。

二是浪漫的风情。脍炙人口的《将进酒》，充分表现出诗人不计身前身后事的浪漫情怀：

君不见黄河之水天上来，奔流到海不复回。
君不见高堂明镜悲白发，朝如青丝暮成雪。
人生得意须尽欢，莫使金樽空对月。
天生我材必有用，千金散尽还复来。
烹羊宰牛且为乐，会须一饮三百杯。
岑夫子，丹丘生，将进酒，杯莫停。
与君歌一曲，请君为我倾耳听。
钟鼓馔玉不足贵，但愿长醉不愿醒。
古来圣贤皆寂寞，惟有饮者留其名。
陈王昔时宴平乐，斗酒十千恣欢谑。
主人何为言少钱，径须沽取对君酌。
五花马，千金裘，
呼儿将出换美酒，与尔同销万古愁。

豪爽万里，掷地有声，浪漫无边，激情四起。读了李白的这首诗，人生还有什么看不开的、想不通的！

三是绮丽的诗思。李白还有许多诗，写得绮丽多姿，情深意长，如《独坐敬亭山》：

众鸟高飞尽，孤云独去闲。
相看两不厌，只有敬亭山。

《赠汪伦》也写得情意绵绵：

李白乘舟将欲行，忽闻岸上踏歌声。
桃花潭水深千尺，不及汪伦送我情。

《蜀道图》，明代谢时臣绘，生动再现了李白《蜀道难》中“难于上青天”的蜀道。

短短四句诗，娓娓道来，自然生动，融合动作与场景，叙述与抒情，无形与有形，写得悠闲别致，让人过目不忘。

李白诗歌从思想到艺术都是丰富多彩的，他以其不世之才的想象力和创造力，使中国千百年来的诗风为之一新，为之一振。同时代的伟大诗人杜甫对李白的诗作赞叹不已："白也诗无敌，飘然思不群"，"笔落惊风雨，诗成泣鬼神"！另一位同时代的诗人贺知章在初次见到李白时，便夸赞他是天上下凡的"谪仙人"，后世也因此将李白称为"诗仙"。

《黄鹤楼送孟浩然之广陵》诗意图，清代石涛绘。孟浩然是李白的挚友，也是他非常称赏的诗人。

《静夜思》诗意图，清代石涛绘。《静夜思》是李白最广为传颂的诗篇之一，表达了游子对故乡的思念之情。

诗圣杜甫

现实主义是中国诗歌最为深厚与悠久的传统，到了唐代杜甫（712—770），这种传统闪耀出前所未有的光辉。杜甫的诗歌，以自己真实的感受、细致的观察和沉郁真挚的情感，反应了唐代天宝末年到大历年间几乎所有重大的社会政治事件，尤其对时代动乱给民生带来的巨大伤痛，表现了无比真切的关注，并毫不掩饰地表达出他的愤激之情。在诗歌艺术上，杜甫集前人之大成，又站在新的时代高点，承前启后，融会贯通，独创新姿。在中国文学史上，杜诗无愧于“诗史”“诗圣”之称。杜诗现存 1400 多首，明末清初学者仇兆鳌的《杜少陵集详注》是迄今较为翔实的注本。

杜甫像，今人蒋兆和绘。

杜甫，字子美，自称“杜陵布衣”，又常被称做“杜少陵”。晚年短暂做过检校工部员外郎，故又被后人称之为“杜工部”。杜甫年轻时发愤读书，并从 20 岁起壮游十余年，极大地开阔了眼界，积累了深厚的生活基础。人到中年，正是意气风发、大有作为之时，但杜甫却空怀“致君尧舜上，再使风俗淳”的治世理想，困居长安十年，报国无门，进取无道。人生的困境，使杜甫坚定了以诗作表达自己思考的信念，用笔来忧国忧民，实现雄图大略。此间，他写下了《兵车行》《丽人行》《自京赴奉先县咏怀五百字》等著名诗篇，其“诗史”的特点日益显露。755 年爆发的安史之乱给社会带来巨大的创痛，也给杜甫带来了更深的忧伤和悲哀。他逃难、躲灾，居无定所，颠沛流离。痛苦的经历，使他更贴近底层民众和社会现实，也更看清了社会的本质。他的许多经典诗篇，如“三吏”、“三别”、《羌村》、《春望》、《洗兵马》、《北征》等，都是这一时期所作。从 759 年至杜甫去世，他一直漂泊在西南地区，此间，杜甫诗作的思想更加沉郁，艺术也更加圆熟。较之前期多写乐府古体诗，这时他的七律诗明显增多并取得重大成就，《茅屋为秋风所破歌》《闻官军收河南河北》《蜀相》《登高》和《秋兴》八首等，都是杜诗晚期的重要代表作。

《兵车行》（局部），今人徐燕荪绘。《兵车行》是一首乐府诗，深切表现了连年征战带给人民的巨大灾难和人民对战争的痛恨。

作为中国文学史上最著名的现实主义诗人，杜甫的诗歌创作显示了重要而独特的思想特征和艺术风貌。

其一，他的诗作思想丰富，见解深刻，批判犀利。杜甫是一个极有抱负的诗人，他早年所写《望岳》一诗，即表明了诗人宏阔的眼界和博大的胸襟：

岱宗夫如何？齐鲁青未了。造化钟神秀，阴阳割昏晓。
荡胸生层云，决眦入归鸟。会当凌绝顶，一览众山小。

这是何等的气概！饱经离乱，忧国爱民，构成了杜甫的生活基础和思想基调。“穷年忧黎元”，“济时肯杀身”充分体现了杜甫积极入世，随时随地愿为国赴难、为民请命的精神，所以后人有赞：“少陵有句皆忧国”！不仅如此，杜甫还用他的诗作真实地记录下了当时的社会历史，堪称“诗史”。从《兵车行》《丽人行》，到“三吏”“三别”，再到《茅屋为秋风所破歌》《闻官军收河南河北》和《秋兴》八首，无不描写社会生活的真实图景，无不揭露社会的黑暗，无不批判当权者的荒淫昏聩，诗人的每一句感叹都来自于他对现实生活的真切体验。

杜甫留寓成都时居住的草堂。他在这里写下了《茅屋为秋风所破歌》，高呼“安得广厦千万间，大庇天下寒士俱欢颜！”

其二，杜甫的诗有自己的风骨，既有诗人的人格力量，又有笔锋的坚毅，更有一种始终坚忍不拔的意志。他的著名诗篇《春望》即是一例：

国破山河在，城春草木深。
感时花溅泪，恨别鸟惊心。
烽火连三月，家书抵万金。
白头搔更短，浑欲不胜簪。

这里有山河，有草木，有花有鸟，但通篇都是诗人感愤时局的忧伤之情，尤其是最后两句，诗人那种焦虑痛苦的状况，极为形象地表现出来。还有他的《蜀相》：

丞相祠堂何处寻？锦官城外柏森森。
映阶碧草自春色，隔叶黄鹂空好音。
三顾频烦天下计，两朝开济老臣心。
出师未捷身先死，长使英雄泪满襟！

《江村》诗意图，清代钱慧安绘，取《江村》“老妻画纸为棋局，稚子敲针作钓钩”诗意。这是杜诗中不多见的轻松愉快之作。

安史之乱，祸害未尽，诗人在成都诸葛亮祠堂前凭吊，咏史感怀，慨叹无限。可贵的是，他没有被眼前的黑暗所摧毁，也没有沉浸在历史的悲哀中，而是在感慨中得到激励，在沉郁中有一种振奋。

其三，杜甫作诗，有容乃大，风格多样。杜诗早先多五言古体诗，后期则多写七言律诗，前后各有春秋。五言写得潇洒自如，不拘一格，有《望岳》《月夜》《春望》这样的工整小制，也有《咏怀五百字》《北征》和“三吏”“三别”这样的长篇大作，长短不拘，大小不一，各见风采；七言也是如此，既有谨严的律诗，工整对仗，韵律和谐，也有《茅屋为秋风所破歌》《洗兵马》这样一些所谓不规则之作，工整中有放任，自由中有韵律，充分展示了集大成者的大家风范。杜诗既叙事，又抒情，而景物描写也高人一筹，如《登高》：

风急天高猿啸哀，渚清沙白鸟飞回。
无边落木萧萧下，不尽长江滚滚来。
万里悲秋常作客，百年多病独登台。
艰难苦恨繁霜鬓，潦倒新停浊酒杯。

登高远望，临空俯视，错落有致的各种景色扑面而来。随着景色的转换，诗人表达的心情也不断翻腾跃动。全诗沉郁顿挫，特别能体现杜甫诗作的风骨。“无边落木萧萧下，不尽长江滚滚来”二句，可谓情景交融，浑然天成。后人盛赞此诗不仅是唐人七言律诗之第一，而且是古今七言律诗之第一！

杜甫的诗作，平实中有大波澜，山高水长，爱恨惊心，多慷慨沉郁之悲歌，心思神往之绝唱！

白居易与“新乐府”

白居易（772—846）是唐代又一位伟大的现实主义诗人。他的突出贡献，不仅在于其卓越的诗歌创作，还在于他通过倡导新乐府运动，提出了一系列的现实主义诗歌理论，这些对当时和后世都产生了重大而深远的影响。

白居易，字乐天，号香山居士。祖籍太原，出生于河南新郑。青年时代曾长期在江淮地域辗转漂泊，后经发愤苦读，官至左拾遗、左赞善大夫等职。中年仕途不顺，遭政敌陷害，被贬为江州司马。晚年则闲居洛阳，终此一生。白居易的人生经历了一个从励志发愤到苦闷消沉的变化过程，但关心民间疾苦，“志在兼济，行在独善”一直是其主要的思想倾向。

白居易是唐代诗人中创作最多的一个。现存诗作近 3000 首，作品集有《白氏长庆集》。白居易曾将自己 51 岁以前写的1300 多首诗编为四类：一讽喻，二闲适，三伤感，四杂律。其中影响最大的是以《新乐府》五十首和《秦中吟》十首为代表的讽喻诗，此外，他的《长恨歌》《琵琶行》等感怀忧伤之作，都是传世的经典诗篇。

白居易是新乐府诗歌运动的倡导者，“新乐府”之说即由白居易提出。新乐府就是以新题写时事的乐府式的诗。这包含了三个方面的内容：其一是自创新题，所谓新题主要针对以往旧乐府诗多借用古题而言，新乐府用新题，所以也被称为“新题乐府”；其二是写时事，这是杜甫开创的现实主义诗风的延续，且新乐府更强调讽喻和批判；其三是新乐府虽然是“乐府”，但并不要求一定入乐。

白居易之所以要倡导新乐府诗歌运动，这与他的诗歌理论和诗歌理想密切相关。首先，白居易在《新乐府序》中开宗明义地强调：诗歌“为君为臣为民为物为事而作”，即他一贯坚持的“文章合为时而著，歌诗合为事而作”。白居易的诗歌主张非常简单，也非常明确，核心就是“为民”，就是反映民间疾苦。如此明确地提出诗歌为民的思想与口号，此前是从没有过的，在当时具有十分重要的现实意义。其次，白居易主张诗歌应该“补察时政”“泄导人情”，也就是说，作为文学的诗歌，必须和社会的政治生活有所互动，也必须和民众的性情相沟通。文学总是“感于事”“动于情”的，绝不只是一种娱乐。因而，文学及诗歌具有一种独特的寓教于乐的功能与特性。第三，白居易主张诗歌的内容与形式应该是高度统一的，而且内容更重要，只要与内容贴切，形式简单平实都不要紧，绝不要那些刻意雕琢的形式。

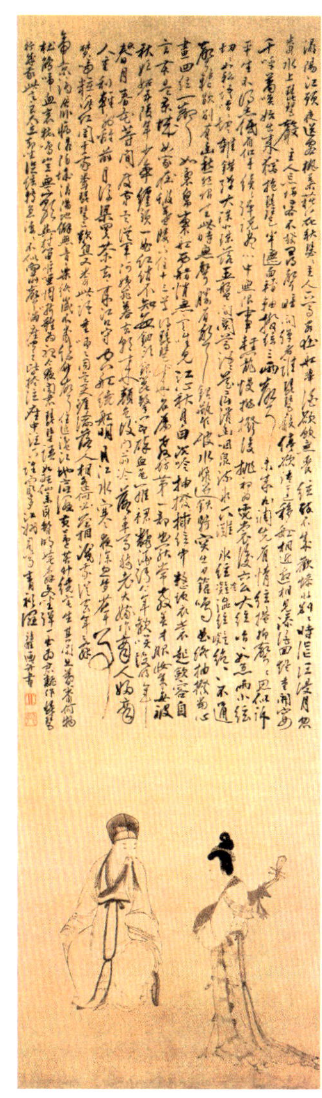

《琵琶行图》，明代郭诩绘。此图上方以行草书《琵琶行》全诗，下方画诗人白居易与琵琶女邂逅情景，突出表现了诗中“同是天涯沦落人”的主题。

白居易的这些理论主张对中国古代诗歌以及整个文学的发展，起到了积极而重要的作用。在白居易的影响和带动下，一批新乐府的志同道合者共同推进了新乐府诗运动的发展与壮大，在中国诗歌史上留下了重要的一笔。

白居易不仅是新乐府运动的倡导者，而且身体力行，以自己的创作实践推进了新乐府的发展。在他的《新乐府》五十首中有许多动情感人的诗篇，如《上阳白发人》《新丰折臂翁》《杜陵叟》《卖炭翁》等，不仅真实再现了当时的社会生活情景，而且有一种对人生的透彻的体悟，像“莺归燕去长悄然，春往秋来不计年”“应作云南望乡鬼，万人冢上哭呦呦”“可怜身上衣正单，心忧炭贱愿天寒”，都是感人肺腑的诗句，其中蕴含的对社会的批判，鞭辟入里，令人肃然。在白居易的一些乐府长诗中，往往蕴含着这种朗朗上口又不乏深意、精辟隽永的佳句。

此外，白居易以《长恨歌》为代表的长诗不但叙事性很强，而且

《出浴图》，清代李育绘，取白居易《长恨歌》诗意。《长恨歌》叙述了唐玄宗与杨贵妃的爱情悲剧。

常在叙事中写出一些极具感情色彩的诗句，如“渔阳鼙鼓动地来，惊破霓裳羽衣曲”，“天长地久有时尽，此恨绵绵无绝期”，这些都是流传至今的千古名句。

白居易的诗不但长于叙事抒情，写景也很好，比如《钱塘湖春行》：

孤山寺北贾亭西，水面初平云脚低。
几处早莺争暖树，谁家新燕啄春泥。
乱花渐欲迷人眼，浅草才能没马蹄。
最爱湖东行不足，绿杨阴里白沙堤。

迷人的早春气息沉浸在一片春色春景之中，如同这一切都很自然一样，诗人的笔力也很轻松，没有精心的刻写，也没有着意的渲染，就像早莺鸣啼，新燕呢喃，不经意之间已然进入读者的心中。白居易早年的名篇《赋得古原草送别》更是家喻户晓：

离离原上草，一岁一枯荣。
野火烧不尽，春风吹又生。

远芳侵古道，晴翠接荒城。
又送王孙去，萋萋满别情。

这首诗背后还有一则有趣的故事。相传白居易16岁时从江南到首都长安，带了诗文谒见当时的大名士顾况。顾况一看白居易的名字，开玩笑说："长安米贵，居大不易。"但当他翻开诗卷，读到"野火烧不尽，春风吹又生"两句时，不禁连声赞赏："有才如此，居亦何难！"从此，白居易诗名大振，并最终成为中国诗歌史上一位相当重要的诗人。

《南生鲁四乐图》（局部），明代陈洪绶绘。画中一老妇人立于白居易身旁，表现了白居易的诗通俗易解，连老妇人都能听懂。

征鴻過盡萬
千心事難寄
寫李清照念奴嬌詞意
乙酉夏月東珠

词的争艳

词，是中国古代诗歌的一种，可以配合音乐歌唱。词最早产生于隋代民间。当时，词在文人眼里是不登大雅之堂的。直到中唐，白居易、刘禹锡“依曲拍为句”，作了《忆江南》等调，不少诗人亦间或作词，词始在文学创作中占了一席地位，并且有了一些较为优秀的作品。晚唐五代，文人词进一步确立，出现了词的专家与专集。温庭筠是第一个大力填词的词人，《花间集》收有他的词66首。《花间集》是最早的一部词选集，共收集了由18个词人写的500首词。从此词独立成为一体，与诗并行发展。进入宋代以后，词进入繁荣时期，名家辈出。词的创作在苏轼、辛弃疾、李清照等大词人手中得到了最大的提高与发展。宋词得与唐诗并称，被后人尊为一代文学之胜。

苏轼：开创词的新境界

《东坡小像》，元代赵孟頫绘。

相比唐诗而言，宋词更以形式精妙、工于制作见长。正因为此，宋词多为灵巧绵密、婉约玲珑之作。而自苏东坡起，一改柔婉之风，大江东去，气吞山河，豪放雄壮，开创了宋词新的风尚与格局。

苏轼25岁开始步入仕途，曾主政密州、杭州，也曾被贬谪黄州、惠州等地。总体来说，苏轼的一生始终处于北宋党争的夹缝之中，政治上无大作为，仕途也属平平，失意之时多于得意之日。

然而苏轼在文学方面却风生水起，可谓北宋中期文学的一面旗帜。他在文学主张上，鲜明地反对晚唐五代以及宋初以来的不良文风，包括古文运动自身带来的一些新的流弊，提出了许多富有积极意义的美学新观点，为宋代文学的发展作出了重要贡献。

苏轼的诗、文、词均有出色的成就，但他最为重要的贡献，是对词的创新与突破，其词作的成就要高于其诗文的成就。首先，是苏轼在理论上对词这种文体的高度重视。苏轼之前，虽然不乏优秀的词作，但人们对词并无正确的认识，特别是把词作为一种文体的认识还远远没有到位。世人多称“填词”，把它看做是一种“谑浪游戏”的诗余小道，即使是欧阳修，也把“填词”称之为“聊陈薄技”。而苏轼却独有见解，他明确认为词与诗同样都是一种文体，不存在孰高孰低。他提出词乃“长短句诗”，自己在创作中亦“以诗为词”。苏轼的这种看法与做法，对词在文体观念上的确立和创作上的发展，起到了很大的作用。可以说，从苏轼开始，世人淡化了词与诗在形式上的差别，词亦变成广义的诗之一体，词与诗以同等的地位进入文学的领域，这在中国诗歌发展史上是具有划时代意义的突破。

第二，苏轼以自身词的创作实践，从内容到形式，从技巧到风格，把宋词推上了前所未有的崭新的高度和境界。苏轼一方面对词的内容进行了全面的开拓，从爱国情怀到人生哲学，从咏史、咏物到游仙、谈禅，从登临、送别到怀古、悼亡，从乡野情趣到田园风光，苏轼极大地开阔了词作的生活视野与艺术视野。清代文学评论家刘熙载称东坡词“无意不可入，无事不可言”。不仅是内容的拓展，苏词在感情的抒发等方面也达到了一种感人至深的境地。如他为悼念亡妻而作的《江城子》：

十年生死两茫茫，不思量，自难忘。
千里孤坟，无处话凄凉。
纵使相逢应不识，尘满面，鬓如霜。
夜来幽梦忽还乡，小轩窗，正梳妆。
相顾无言，惟有泪千行。
料得年年肠断处，明月夜，短松冈。

这里面既有夫妻之间的柔情，也有人生的无限感慨；既有亡妻死后孤独悲凉心情的流露，更有面对人生凄苦的担待。一首小词表达得委婉曲折，一唱三叹，真挚动人。

《题竹图》，明代杜堇绘，画中执笔题竹者即为苏东坡。东坡爱竹，曾云“宁可食无肉，不可居无竹”。

《赤壁图》，金代武元直绘，画中展现了苏轼与友人泛舟赤壁的情景。

第三，苏词自成一体，并在其影响和带动之下，形成了一个蔚为壮观的豪放词的流派。苏轼之前，“婉约”的词风几乎一统天下。苏词打破了这种格局，以雄浑豪放的风格，为词坛带来一股强劲的新风，在婉约之外丰富了词作的手法，增强了词作的力度。苏词的豪放无处不在，咏史、写人、状物，形象、气势、场景，随处体现着苏词情感的激越，语言的铿锵，意境的深远。飞动在苏词之间的豪迈悲壮，使人为之感慨动容。《念奴娇·赤壁怀古》即为苏词豪放风格的经典代表：

大江东去，浪淘尽，千古风流人物。
故垒西边，人道是，三国周郎赤壁。
乱石穿空，惊涛拍岸，卷起千堆雪。
江山如画，一时多少豪杰。
遥想公瑾当年，小乔初嫁了，雄姿英发。
羽扇纶巾，谈笑间，樯橹灰飞烟灭。
故国神游，多情应笑我，早生华发。
人生如梦，一尊还酹江月。

“大江东去”四字，临空而起，气势如虹，一下把读者带到那曾经辉煌激烈、波澜壮阔的历史的星空。苏东坡以政治家的深厚情怀和深邃目光，指点江山，臧否人物。时间与空间及语言完全随着词人的思绪流转而变动，时而是“乱石穿空，惊涛拍岸，卷起千堆雪”这样气势磅礴的语句，时而又是“遥想公瑾当年，小乔初嫁了，雄姿英发”这样的喃喃细语，天马行空，不拘一格，任意驰骋，经典地体现了苏词豪放的魅力。

《水调歌头》词意图，今人刘大为绘。

苏词的豪放，标新立异，另辟蹊径，为宋词的发展打开了新的空间，对进一步确立词这一文体在文学史上的地位作出了独特的贡献。在苏词的影响下，从宋代开始，形成了豪放词派，北宋时即有黄庭坚、晁补之等人承袭了苏词的风格，到南宋的辛弃疾，则把苏词的豪放发展到更为壮阔的局面。需要指出的是，苏轼豪放词作的出色成就和巨大影响，并不意味着他否定婉约派的词作，苏轼本人也有为数不少的婉约之作，这恰恰说明一种新的风格的确立，最重要的是敢于打破原有格局，善于开风气之先。

李清照与婉约词

李清照（1084—1155），号易安居士，两宋之交著名的女词人，也是中国文学史上独具影响的女作家。李清照出生于士大夫家庭，从小受到很好的文学熏陶，精通文史，才情出众。她和丈夫赵明诚对收藏和研究金石书画有着相同的爱好，合著有《金石录》。

李清照像，清代崔错绘。

李清照的人生可以靖康之难为界分为前后两段。靖康二年（1127），金军攻破北宋都城东京（今河南开封），宋室南迁至临安（今浙江杭州），史称南宋。跟随朝廷南渡之前，李清照的生活是幸福美满的，作为少女和少妇，她有自己的欢乐、愉悦。即使丈夫外出为官，平添一些寂寞孤独，有一些别离的愁绪，但她还是比较清静安逸的。南渡之后，国破家亡，颠沛流离于兵火之间，加上丈夫病逝，多年收藏的金石书画失散，种种辛酸人事一齐袭来，李清照陷入悲苦凄凉的人生境况。靖康之难彻底改变了李清照的人生，也改变了她对文学的理解。此前，个人的家庭生活是其主要的人生内容；此后，漂泊不定，颠沛流离，国家的命运成为其不得不思考的问题。这也为她后来的文学创作注入了深重的忧患意识和伤感之情。

李清照在《词论》中系统阐述了对词作和词派的看法。她与苏轼等人相同，强调诗词不一，词当“别是一家”，是诗之外的另一种体式。但李清照更为明确地指出了词的根本特点，当为雅致、简洁、流畅、轻灵，严守声律，典重而富于情致。李清照不仅把词与诗区分开来，而且也指明了自己所尊崇的婉约派词风的特点。

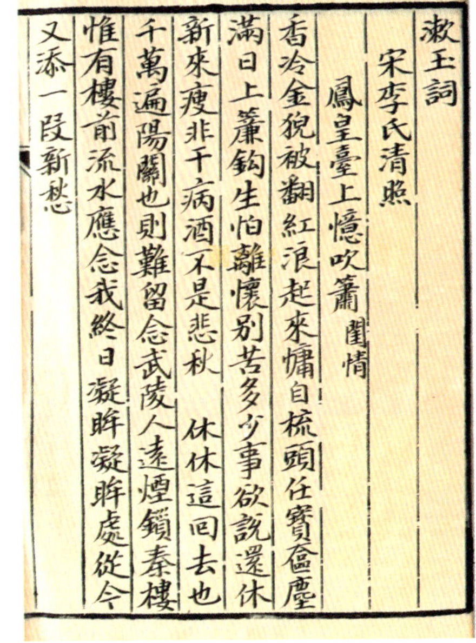
漱玉詞
宋李氏清照
鳳皇臺上憶吹簫 閨情
香冷金猊被翻紅浪起來慵自梳頭任寶奩塵滿日上簾鈎生怕離懷別苦多少事欲說還休新來瘦非干病酒不是悲秋 休休這回去也千萬遍陽關也則難留念武陵人遠煙鎖秦樓惟有樓前流水應念我終日凝眸凝眸處從今又添一段新愁

李清照词集《漱玉词》书影

李清照词的柔婉细腻风格，首先与她女性特有的敏锐感受有关。她的词作中有一个非常鲜明的形象，这就是抒情主人公多愁善感、缠绵凄婉的自我形象。通过这一形象，词人一再表达出那种发自内心深处的、情意绵绵而又洞察深邃的自我意识和感受。如她那首著名的《如梦令》：

昨夜雨疏风骤，浓睡不消残酒。
试问卷帘人，却道海棠依旧。
知否，知否？
应是绿肥红瘦。

这首词既有以往诗词中常常表现的“夜雨”“花香”的意境，更有自己的独到之处。短短一袭小令，又用叠词，又用问答，手法灵巧而多变。人生的长短与“绿肥红瘦”形成鲜明的对比，使人无限感慨。《一剪梅》更是细腻哀婉：

红藕香残玉簟秋。轻解罗裳，独上兰舟。
云中谁寄锦书来？雁字回时，月满西楼。
花自飘零水自流。一种相思，两处闲愁。
此情无计可消除，才下眉头，却上心头。

该篇为李清照与赵明诚新婚不久离别之后所写。虽是个人情怀，却写得真切感人。无论是人物的神情动作，还是内心深处的细微感触，都表达得淋漓尽致。难得的是，李清照在表现这样一种缠绵悱恻的复杂情感时，举重若轻，用的都是平白浅切的话语，“才下眉头，却上心头”两句，把独守一方的女子那种无法排遣的相思之情，表现得无以复加。

《醉花阴》同样表达了她对丈夫的思念：

薄雾浓云愁永昼，瑞脑销金兽。
佳节又重阳，玉枕纱橱，半夜凉初透。
东篱把酒黄昏后，有暗香盈袖。
莫道不消魂，帘卷西风，人比黄花瘦。

《梧桐仕女图》，清代王素绘。此图写李清照《醉花阴》词意，以人物之实与景色之虚相映衬，烘托出“帘卷西风，人比黄花瘦”的意境。

关于这首词，还有一个故事。重阳佳节之际，李清照写下此词寄给丈夫。赵明诚看后，赞叹不已。但他又想超过妻子，于是苦思冥想，写下几十首词，并与妻子写的那一首混在一起拿给朋友看。朋友再三品读，思量许久，最后说，只有“莫道不消魂”三句绝佳。

李清照还特别善于用词的韵律来表达复杂的情感，用常见的实情实景来承载那难以述说的内心感受。《声声慢》一篇是她后期词作的代表：

寻寻觅觅，冷冷清清，凄凄惨惨戚戚。
乍暖还寒时候，最难将息。
三杯两盏淡酒，怎敌他，晚来风急。

雁过也，正伤心，却是旧时相识。
满地黄花堆积，憔悴损，如今有谁堪摘。
守着窗儿，独自怎生得黑。
梧桐更兼细雨，到黄昏，点点滴滴。
这次第，怎一个愁字了得？

残秋之景，既是自然界萧杀之时，也是人生悲凉之际的写照。李清照在此极力描绘残秋的景色，词人的内心情感同时跃然纸上。她对国破家亡的愤懑，流离失所的凄苦，以及痛失丈夫的孤独，都倾泄出来了，但并没有华丽的词藻，而是平平常常，明明白白。“旧时相识”“有谁堪摘”“怎一个愁字了得”，都是直白的俗字俗语，开头的几句双声叠韵，也是普普通通，但这正是李清照的功力所在，寻常之中蕴含深意，直白之中充满美感，那些看似普通的字词，读起来朗朗上口，音乐感极强。

无论前期还是后期，李清照都以婉约之风奠定了自己在文学史上的独特地位。她的词作被后人誉为“易安体”“婉约正宗”。

《蝶恋花》词意图，今人萧惠珠绘。李清照在词中写道：“酒意诗情谁与共，泪融残粉花钿重”，表达了对丈夫的思念和独居的落寞。

辛弃疾与豪放词

辛弃疾像

自苏东坡开创豪放词，宋词风格起变，婉约豪放，各放异彩。至南宋辛弃疾（1140 – 1207），再将宋词的豪放之风推向新的高潮。

辛弃疾，字幼安，号稼轩，南宋著名的爱国志士和伟大的词人，存有《稼轩词》。在政治上，辛弃疾是主战派的代表人物，坚决主张北伐，恢复大宋江山。他“一世之豪，以气节自负，以功业自许”，这种刚直不阿、正义爱国的政治态度，对辛弃疾的词作有着重要的影响。

在文学上，辛弃疾强调，时代风云、社会变化、思想情感，应该是文学创作的重要内容和根本宗旨。特别是一个人的豪情壮志，更应该成为文学作品的魅力源泉。他不认同文学作品只是表现“离合悲欢”与“儿女恩怨”：“今古恨，几千般，只应离合是悲欢？江头未是风波恶，别有人间行路难。”（《鹧鸪天》）他尤其对宋词过于讲究章法、过于追求玲珑的表现形式表达了自己的不满：“有意雄泰华，无意巧玲珑。"（《临江仙》）他重情感，讲气势，推崇铿锵有力、雷霆万钧的豪放词风：“诗坛千丈崔嵬，

更有笔如山墨作溪。"(《沁园春》)

辛词的思想情感丰富深厚，而又有着独特的个人生活体验，显示出鲜明的个性特征。辛词中情感最强烈、影响最广泛的，就是他的那些爱国词篇。与一般的作家诗人不同，辛弃疾首先是一个驰骋沙场的战士，在生死之间冲杀磨砺出来的戎马生涯，使他的爱国之情来得真切而厚重。表现战场上的经历与感受，成为辛词最醒目的特色，《破阵子·为陈同甫赋壮词以寄之》就是这方面的代表之作：

醉里挑灯看剑，梦回吹角连营。
八百里分麾下炙，五十弦翻塞外声。沙场秋点兵。
马作的卢飞快，弓如霹雳弦惊。
了却君王天下事，赢得生前身后名。可怜白发生！

挑灯看剑，梦回连营，沙场点兵，快马惊弓，这些撼人心魄的场面与情景，只有亲历者才能体味和领悟。然“可怜白发生”一句却又引出了辛弃疾的另一番情怀，那就是偏安的南宋小朝廷非但没有抗敌的意志，反而一心投降，苟且偷安，这使包括辛弃疾在内的所有爱国志士，只能一腔热血，报国无门，空怀壮志，悲情切切。这种情感深沉地流淌在辛弃疾的许多词作当中，《菩萨蛮·书江西造口壁》即是其中的一篇：

郁孤台下清江水，中间多少行人泪？
西北望长安，可怜无数山！
青山遮不住，毕竟东流去。
江晚正愁余，山深闻鹧鸪。

辛弃疾晚年出守京口(即江苏镇江)，此时他一方面对北伐继续充满着期待，但另一方面他更清楚地看到了南宋统治者的懦弱。辛弃疾虽然处在异常痛苦的矛盾之中，但他深怀着恢复北方、收回家园的信念。他的《永遇乐·京口北固亭怀古》，情感深沉复杂，风格苍凉沉郁，但仍然不失豪爽雄健，英气逼人，是辛词重要的代表作：

千古江山，英雄无觅，孙仲谋处。
舞榭歌台，风流总被，雨打风吹去。
斜阳草树，寻常巷陌，人道寄奴曾住。

《永遇乐·京口北固亭怀古》词意图，今人汪国新绘。

想当年，金戈铁马，气吞万里如虎。
元嘉草草，封狼居胥，赢得仓皇北顾。
四十三年，望中犹记，烽火扬州路。
可堪回首，佛狸祠下，一片神鸦社鼓。
凭谁问，廉颇老矣，尚能饭否？

辛词气吞山河，生龙活虎，形象鲜明，抱负远大，情感浓郁而奔腾不羁，写人写物融为一体，情景交融自然洒脱，怀古咏今不拘一格。而辛弃疾更大的贡献，还在于他发展和推进了苏轼所开创的豪放词风，把宋词的豪放雄健推向极致，并使之蔚然成风。从苏轼到辛弃疾，宋词的豪放才正式形成流派。清人王士禛（1634—1711）评论辛词“慷慨纵横，有不可一世之概，于倚声家为变调，而异军特起，能于剪红刻翠之外，屹然别立一宗，迄今不废”。

与苏东坡相同，辛弃疾的词既多豪放雄健之作，也有不少婉约绮丽之作。《青玉案·元夕》即写得朦胧委婉，妩媚动人，意蕴深含：

东风夜放花千树，更吹落，星如雨。
宝马雕车香满路。
凤箫声动，玉壶光转，一夜鱼龙舞。
蛾儿雪柳黄金缕，笑语盈盈暗香去。
众里寻他千百度。
蓦然回首，那人却在，灯火阑珊处。

大诗人，大词家，风姿多彩，不拘一格，从苏轼到辛弃疾，莫不如此。

《青玉案·元夕》词意图，今人冯达绘。

晚成的戏剧

中国古典戏剧形态，是融文学、音乐、舞蹈、表演于一体的戏曲。中国戏曲与古希腊戏剧、印度梵剧并称为“世界三大古老戏剧”。相较于古希腊戏剧和印度梵剧，中国戏曲成熟较晚，直到宋元之际，即公元12—13世纪才得以成型。虽然诞生较迟，但中国传统戏剧的生命力却更显旺盛。在长达800年以上的时间里，中国传统戏剧始终保持自己的基本形态，至今仍受到很多人欢迎。

在漫长的发展历程中，中国古典戏剧先后出现了宋元南戏、元代杂剧、明清传奇等几种重要的形式。

元曲大家关汉卿

关汉卿（约1220—1300），元代大都（今北京）人，被称为“元曲四大家”之一，是一位极有个性、风格独特、具有丰富艺术实践经验的戏剧大家，也是中国戏剧史上第一位享誉中外的伟大戏剧家。其一生创作杂剧60余部，对中国戏剧的发展产生了重要而深远的影响。关汉卿对完美戏剧艺术的追求与他对正直不阿的完美人格的追求是融为一体的。他的《不伏老》，倾吐了自己的精神人格和戏品戏德：

我是个蒸不烂、煮不熟、捶不匾、
炒不爆、响当当一粒铜豌豆……
你便是落了我牙、歪了我嘴、
瘸了我腿、折了我手，
天赐与我这几般儿歹徒症候，
尚兀自不肯休……

关汉卿像，今人李斛绘。

“铜豌豆”是关汉卿自我形象最真实、生动的写照，勇于反抗，敢于斗争，绝不就范于封建传统的束缚，绝不屈服于平庸世俗的压力，绝不苟同于虚伪之徒的人生态度。这种精神品质，贯穿在关汉卿全部的戏剧创作之中，也贯穿于他整个一生的人格实践之中。

关汉卿的戏剧创作成就主要体现在元杂剧上。元代杂剧是一种以北曲演唱的戏曲。所谓北曲，是在大曲、诸宫调等传统音乐的基础上，又吸收北方的民歌俚曲以及少数民族的歌曲而形成的唱腔，为了区别流行于南方的曲调，故称北曲。杂剧有自己独特的体例，一本四折是基本形式，每一折是故事的一个段落，也有的加上一个楔子，调节剧情的变化。杂剧的唱词，都是按一定的宫调和曲牌写成，一本四折中，每折用一个宫调，且一韵到底。

山西洪洞县广胜寺壁画，表现了元杂剧演出场景。

关汉卿的剧作不仅真实反映了当时社会生活的各个方面，塑造了众多不同类型的舞台形象，而且表现出深刻的思考和鲜明的爱憎，既有对权势的愤怒控诉，又有对世俗的辛辣嘲讽，同时还有对受压迫受侮辱者的真切同情，以及对不屈不挠者的由衷赞美。他的剧作主要有三类：一是以《窦娥冤》为代表的控诉和鞭挞社会现实黑暗的作品；二是以《望江亭》和《救风尘》为代表的热情赞美机智勇敢女性的作品；三是以《单刀会》为代表的歌颂历史英雄人物、以历史传达现实感受的作品。

在关汉卿众多的杂剧创作中，最能代表其思想境界和艺术水准，且影响最大的作品是《窦娥冤》。

《感天动地窦娥冤》插图

这个剧目一方面体现了深厚的中国文学传统的主题，表现出对压制和摧残人性的封建制度的坚决抗争；另一方面，无情揭露了元代社会现实生活中的黑暗与不公，在更为深广的层面，批判了维护封建制度的思想道德和生活习俗。

《窦娥冤》的剧情，主要是叙述年轻女子窦娥蒙受不白之冤，抗争到死的故事。窦娥之父因受高利贷盘剥，不得不把7岁的女儿卖给蔡婆婆做童养媳。窦娥20岁时，被泼皮张驴儿看中，张驴儿为霸占窦娥，本欲毒死蔡婆婆，却误杀了自己的父亲，但他诬告窦娥为杀人凶手，致使窦娥被官府屈打成招，惨死刑场。《窦娥冤》的剧情并不复杂，但震撼人心之处颇多。窦娥身上有三大闪光之处，其一是她坚决不屈从张驴儿父子的蛮横霸道行径，也坚决反对婆婆苟且偷生的态度；其二是窦娥被屈打成招，并不是自己担不起拷打，而是不忍婆婆惨遭毒刑；其三是窦娥临刑之前发下“三誓”，坚守清白，至死抗争，表现了一个普通女子无畏的英勇气概。关汉卿通过窦娥的悲剧命运，鞭挞了当时制度腐朽、社会黑暗，同时

《窦娥冤》演出剧照，窦娥的冤魂与父亲见面。

热情讴歌了窦娥身上展现出来的那种正义凛然，哪怕个人再弱小也抗争到底的精神。正如窦娥在【滚绣球】唱段中所唱：

> 有日月朝暮悬，有鬼神掌着生死权。
> 天地也只合把清浊分辨，可怎生糊突了盗跖颜渊：
> 为善的受贫穷更命短，造恶的享富贵又寿延。
> 天地也，做得个怕硬欺软，却原来也这般顺水推船。
> 地也，你不分好歹何为地！
> 天也，你错勘贤愚枉做天！

《窦娥冤》从楔子到一本四折，高度的写实与浓烈的抒情结合在一起。特别是窦娥临死之前的“三誓”：如是受冤，一是刀过头落，一腔热血半点也不会沾在地下，全都飞在丈二白练上；二是身死之后，三伏节气，天降三尺瑞雪；三是从此以后，楚州之地三年大旱不雨。窦娥的“三誓”全都应验了，这些充满浪漫想象的情节，大大增添了全剧的悲壮之情，真可谓“感天动地窦娥冤”！

近代学者王国维（1877—1927）在《宋元戏曲史》中，高度评价了《窦娥冤》的悲剧意义：“其最有悲剧性质者，则如关汉卿之《窦娥冤》，纪君祥之《赵氏孤儿》，剧中虽有恶人交构其间，而其蹈汤赴火者，仍出于其主人公之意志，即列之于世界大悲剧中，亦无愧色也。”

唱不尽的《西厢记》

《崔莺莺造像》，明代仇英绘。画中莺莺焚香祷月的情景，是杂剧《西厢记》中的一个场面。

元杂剧《西厢记》又名《崔莺莺待月西厢记》，相传为元代戏剧家王实甫（生卒年不详）所著。700多年来，它在戏剧舞台上历久弥新，对后世爱情题材戏剧创作影响深远，成为中国家喻户晓的经典剧目。

《西厢记》取材于唐人元稹（779—831）所作传奇小说《莺莺传》。它以“愿普天下有情的都成了眷属”为主题，表现了反对封建礼教、追求婚姻自主的思想，在当时具有重大的进步意义。“相国小姐”崔莺莺和“尚书之子”张生，经过曲折的过程，在红娘的帮助下，突破封建礼教的束缚，突破周围人的阻挠，消除了彼此之间的误会，最终两个彼此相爱的人得以结合。他们在追求婚姻自主的斗争中历尽艰辛，但作品又不时给处在痛苦中的人物插人喜剧性的情节，于是人物形象更加丰富具体、逼真鲜活。

在上述内容中，包含着复杂的戏剧冲突，其线索主要有两条：一是崔莺莺母亲老夫人等同崔莺莺、张生、红娘的冲突，这是追求婚姻自主的年轻人同保守的封建势力之间的冲突；二是崔莺莺、张生、红娘之间的冲突，这个冲突以误会为主。这两条冲突线索，前者是“主”，后者为“辅”，二者相辅相成、纵横交织，使《西厢记》情节一波三折，扣人心弦，戏剧效果更加激烈、生动。

《西厢记》中的人物形象大多思想性格比较复杂，作者在刻画人物时摈弃了古代戏剧中脸谱化、类型化、模式化的束缚。张生倾慕于莺莺的美丽与才华，热烈地追求莺莺，但他毕竟是世家子弟，受过良好的教育，在这一过程中表现得并不轻浮。崔莺莺勇敢地追求恋爱自由、婚姻自主，但她所受的封建教育使得她的思想中仍有很多藩篱。

红娘是《西厢记》中一个光彩耀人的形象，她虽只是莺莺的贴身丫鬟，但由她主唱的戏段占了全剧的1/3，由此可见她在这部戏中的地位。红娘足智多谋、侠肝义胆，在剧中积极为莺莺和张生牵线搭桥，

《西厢记》插图，莺莺正在读心上人的来信，红娘躲在屏风后窥探。

帮助二人消除误解，并出谋划策，协助二人对付老夫人的干扰和破坏，堪称二人的军师。明代戏剧大家汤显祖曾高度评价红娘这一形象："二十分才，二十分胆，有此军师，何事不成。"

老夫人是该剧中封建家长的代表，虽然全剧对她着墨不多，但这一形象却十分出彩，她作为莺莺和张生追求婚姻自主的对立方而存在。一方面，她疼爱女儿莺莺，处事温俭，治家有方，在丈夫去世后承担起家庭的重任。另一方面，她恪守封建礼法，要求莺莺遵照父亲遗愿嫁给尚书之子郑恒，期望通过联姻来重振家声。但当她发现莺莺和张生决意要在一起时，她又想出科举这一折中之法。因而，老夫人的形象也不是固化的，而是随着形势和思想的转变而不断充实。

在语言上，《西厢记》言辞华丽，很多经典词句传唱不衰。清代小说家曹雪芹在小说《红楼梦》中，便曾借女主人公林黛玉之口，盛赞《西厢记》"曲词警人，余香满口"。

王实甫十分擅长细腻深刻地表现人物的内心世界，捕捉人物内在的喜怒哀乐，进而打动读者的内心，以情行文、以情动人。如唱段【长亭送别】：

碧云天，黄花地，西风紧，北雁南飞。
晓来谁染霜林醉？总是离人泪。
恨相见得迟，怨归去得疾。
柳丝长玉骢难系，恨不倩疏林挂住斜晖。
马儿迍迍的行，车儿快快的随。
却告了相思回避，破题儿又早别离。
听得道一声"去也"，松了金钏；遥望见十里长亭，减了玉肌。
此恨谁知？

这一唱段描写张生进京赶考，莺莺在十里长亭送别的场景。它用色彩丰富的自然景观映衬主人公的心情，唱出了莺莺此刻的悲伤、焦虑、牵挂和思念，情景交融，感人甚深。

"愿普天下有情的都成了眷属"，《西厢记》的这一主题思想曾经感动了无数人。正因如此，《西厢记》才会盛久不衰，被赞为"新杂剧，旧传奇，《西厢记》天下夺魁"。

汤显祖戏曲传奇

汤显祖像

到明清时期，中国古代戏剧的发展进入了新的阶段——传奇时代。相比元杂剧，传奇剧本体量加大，剧情更趋复杂化，历史剧、风情剧、时事剧、社会剧，各种体裁的作品应运而生。同时传奇中戏剧角色有了较大发展，突破了元杂剧一人主唱的限制。

明清传奇的作者以文人为主，其中最重要的代表人物是汤显祖（1550—1616）。汤显祖，江西临川人，中过举，做过官，颇有文名，也颇有傲骨。后因上书朝廷批评时弊，遭到贬谪。这些经历增加了汤显祖对社会的理解和对统治者的认识。万历二十六年（1598），他彻底弃官回乡，专心从事戏剧创作。正是这一年，他完成了自己最著名的戏剧代表作《牡丹亭》，随后又完成了《南柯记》《邯郸记》，加上早年的《紫钗记》，他的“临川四梦”大功告成。

汤显祖崇尚天性，注重性情，他主张“情”就是“自然而然”。在汤显祖自己最为得意之作——《牡丹亭》中，“情”获得了淋漓尽致的展现。

《牡丹亭》的剧情，主要取材于话本小说《杜丽娘慕色还魂》。该小说写宋光宗时南雄太守杜宝之女杜丽娘，在一次游园之后，感梦而亡。她生前曾自绘小像，死后为柳太守之子柳梦梅所得。柳梦梅日思夜慕，遂得与丽娘的鬼魂幽会。最后开冢还魂，杜、柳结亲。这是一个交织着现实与梦境、真实与荒诞的故事。在中国古代文学史上，类似这样的题材并不鲜见，但为何汤显祖的《牡丹亭》能如此动人呢？这与汤显祖对“情”的追求有关。在他的笔下，青年男女对真情的感受与追求，是何等的正当，何等的迫切！除了汤显祖的笔力之外，《牡丹亭》之所以能深深撼动人心，还在于它有着独特的时代社会背景。数千年来，封建制度与思想的压制，摧毁了多少人正当正常的情感与情欲，摧毁了多少人对美好爱情的

《牡丹亭》插图《寻梦，惊梦》

《杜丽娘小像》，清代潘恭寿绘。

向往与追求。而杜丽娘那种如痴如醉、生死度外的对美好爱情的执着追求，打动了无数青年男女的心。“良辰美景奈何天，赏心乐事谁家院”，《牡丹亭》中这句广为传唱的唱词，把人的天性与大自然的美景融为一体，最真实、最直接地表明了对自由的向往，对人权的捍卫。因此，与其说《牡丹亭》有多么深邃的思想内涵，倒不如说《牡丹亭》有的是一份对天性人伦的执着追求！

杜丽娘是《牡丹亭》的核心形象，她的光彩照人，一是纯真纯情，二是内心丰富，情感细腻。杜丽娘知书达理、恪守陈规，但她那被压抑、被限制的天性一旦释放出来，就形成不可遏制的情感冲动和大胆追求美好爱情的力量。《游园》一出，杜丽娘人生第一回投入“梦回莺啭”的春天，一颗纯真的少女的春心，被大自然无限的美好所吸引，所唤醒。这进一步激发了她对人间美好爱情的向往。在这一过程中，汤显祖细致刻画了杜丽娘的心理活动，表现出她极其复杂的内心变化。她赞叹春天的美好，赞叹花儿鸟儿自由自在的美好；她感慨春光不久，青春易逝；她为自己所受到的压抑感到不尽的悲哀。这些刻画奠定了杜丽娘“惊梦”的基础，促使她到梦中去实现自己的愿望。杜丽娘的形象不但是反抗礼教、追求自由爱情的象征，更具有人性复归天性的文化意蕴。这一形象的根本魅力，不仅在于冲破了当时情与理的界限，更在于表现出了天性与人性的不可违抗！而这正是《牡丹亭》穿越时空，至今依然具有强大艺术感染力的原因所在。

《牡丹亭》的戏剧结构，从现实到梦境，从人间到阴间，虚虚实实，虚实相间，然而合情合理，圆通自如。“游园惊梦”是整个《牡丹亭》的戏中之戏，重中之重。“游园”触发了杜丽娘的情思，这种情思是不可回转的，但又是在现实中难以实现的。因此，只有到梦境中去寻求，去实现。这就自然而然地有了杜丽娘与情人柳梦梅在梦中于牡丹亭上相会交好的情节。“惊梦”好就好在既“惊”又不“惊”，惊在常情之外，又惊在情理之中，诚如汤显祖自己所说：“因情成梦，因梦成戏。"

《牡丹亭》还具有很高的语言艺术成就，其中最突出的一点就是语言的个性化。剧中的不同人物，不同场景，都有不同的语言来表现，既有体现文人修养的文学语言，也有来自各个社会层面的生活语言。丰富多彩的语言，使《牡丹亭》无论是作为戏本阅读，还是舞台演出，都尽显生动华美，始终保持着强烈的艺术感染力。如《惊梦》的一段：

> 【绕池游】
>
> （旦上）梦回莺啭，乱煞年光遍。人立小庭深院。（贴）炷尽沉烟，抛残绣线，恁今春关情似去年？（乌夜啼）“（旦）晓来望断梅关，宿妆残。（贴）你侧著宜春髻子恰凭阑。（旦）剪不断，理还乱，闷无端。（贴）已分付催花莺燕借春看。”（旦）春香，可曾叫人扫除花径？（贴）分付了。（旦）取镜台衣服来。（贴取镜台衣服上）“云髻罢梳还对镜，罗衣欲换更添香。”镜台衣服在此。

这段戏词简洁丰富，有唱有说，还有场景交待，繁而不乱，层次分明，充分体现了汤显祖驾驭语言的高超能力。与元杂剧一本四折、一韵到底的表现形式不同，明传奇多出连本，各角色皆有唱念，表现手法和语言方式更为丰富，《牡丹亭》就是很好的例证。

《牡丹亭》以神奇的艺术妙想和崇高的人性光辉，奠定了它在中国戏剧史上不朽的地位。后世流传的《牡丹亭》版本很多，校注本也很多。今人白先勇等还将昆曲《牡丹亭》改为“青春版”，赢得了海内外广大青年的喜爱，这再次证明了《牡丹亭》以及中国古代戏剧的极大魅力。

昆曲《牡丹亭》演出剧照

小说的高峰

在中国，“小说”这一概念最早出现于《庄子·外物》：“饰小说以干县令，其于大达亦远矣。”这里的“小说”主要是指琐屑、道听途说之言。作为文学体裁意义上的“小说”，最早在唐代出现，当时叫做“传奇”。总体上，中国古代小说经历了三次大的发展，第一次是唐人“始有意为小说”，代表作有唐传奇《柳毅传》《莺莺传》《李娃传》《霍小玉传》等；第二次是宋代话本、明代拟话本的出现，推动了古代小说的发展；第三次是以《三国演义》《水浒传》《西游记》《红楼梦》等为代表的明清章回体小说，将古代小说发展推向了顶峰。

中国古代小说在创作手法上，特别注重故事情节的安排和人物形象的刻画，如《三国演义》《水浒传》之所以能家喻户晓、影响深远，与其情节的曲折传奇和人物的生动传神是分不开的。由于小说在中国古代长期属于“俗文学”的范畴，以普通市民阶层为接受主体，因而在语言上大多文白夹杂，形象鲜活，具体生动。

历史小说《三国演义》

“滚滚长江东逝水，浪花淘尽英雄”。尽管时空变幻，刀光剑影已然暗去，但历史的天空还是群星璀璨、多彩鲜活。作为一部长篇历史小说，《三国演义》生动全面地呈现了一幅乱世群星图。该书共 80 万字，采用长篇章回体结构，以东汉末年和三国时期的政治、军事斗争为背景，描绘了一系列壮阔的历史图景，塑造了众多的英雄志士形象，在民间广为流传。

《三国演义》的作者相传为元末明初的罗贯中（约1330—约1400），他以陈寿（233—297）的史书《三国志》和长期在民间流传的英雄故事为基础，创作了这部长篇小说。

《三国演义》主要描写了魏、蜀、吴三个政治军事集团之间的争斗，而三个集团又是分别依靠自己的英雄人物而存在的。书中有名有姓的人物就有 1200 多人，其中影响最为深远的是“古今来贤相中第一奇人”诸葛亮、“古今来名将中第一奇人”关羽、“古今来奸雄中第一奇人”曹操。此外还有众多独具个性的人物形象，如勇冠三军的吕布、忠义鲁莽的张飞、老当益壮的黄忠、老奸巨猾的司马懿等。

由于《三国演义》最主要的思想倾向是“拥刘反曹”，因而在蜀汉人物方面着笔颇多，其中最突出的形象，文是诸葛亮，武当属关羽。诸葛亮辅佐刘备父子 30 年，忠君爱民，鞠躬尽瘁，神机妙算，留下“隆中对”“草船借箭”“空城计”等千古佳话。

关羽被誉为“武圣人”，他与刘备、张飞在桃园结义后，一生追随刘备兴复汉室。在《三国演义》中，关羽的形象是复杂而立体的：“温酒斩华雄”体现了他的勇，“过五关斩六将”体现了他的忠，“华容道上释曹操”体现了他的义，“刮骨疗毒”体现了他的坚忍，“败走麦城”反映了他的自负。

曹魏集团是另一个主要的政治军事集团，曹操是其主要代表。一方面，他雄才大略，讨伐董卓、消灭袁绍、屯田戍边、统一北方，“挟天子以令诸侯”；另一方面，他奸诈而残忍，对误杀救命恩人吕伯奢全家没有丝毫内疚，攻克徐州后纵兵屠城，“宁教我负天下人，休教天下人负我”是他的处事哲学。在《三国演义》中，曹操是作为一代奸雄的形象出现的。

相对来说，在《三国演义》中，孙吴集团在矛盾冲突中居从属地位。尽管吴国从孙坚、孙策、孙权父子，到周瑜、鲁肃、吕蒙、陆逊等，名将众多，英才辈出，但作者对吴国的君臣大抵采取了贬抑的态度。如周瑜，虽年少得志，曾统帅孙刘联军在赤壁大败曹操，但最终却因心胸狭窄，不敌诸葛亮的神机妙算，空留下“既生瑜何生亮”的感叹。

《三国演义》突出地表现出“拥刘反曹”的倾向，这一方面是因为刘备乃汉朝皇室，儒家观念中的“正统”，另一方面是因为蜀汉集团代表着“仁者之政”。刘备为人，至公至诚，“宁死不为负义之事”；他的政治思想核心是“仁政”，而“仁政”的基础是“得民心”。刘备的仁君风范，与关羽、张飞的兄

《三顾一遇图》，清代孙忆绘。此图取材于《三国演义》中刘备三顾茅庐请诸葛亮下山的故事。

关羽被毒箭射中，名医华佗为他刮骨疗毒。关羽一边疗伤一边下棋，谈笑自若，展现出不凡的英雄气概。

年画《空城计》。诸葛亮足智多谋，以一座空城吓退曹魏大军，成为《三国演义》中最精彩的计谋之一——“空城计”。

弟情谊，与诸葛亮等人和谐的君臣关系，构成蜀汉的“仁者之政”，这正是《三国演义》着意歌颂的政治范式。

在结构方面，《三国演义》实现了从唐传奇纪传式的短篇到通鉴式长篇的转变，结构繁复。在纵向结构上以时间发展为序，在横向结构上以同时代的人物活动为中心，交错进行。在语言方面，《三国演义》借鉴了文言短篇小说的经验，“文不甚深，言不甚俗”，雅致而不艰涩，通畅而不鄙俗，状人话物，往往三言两语就能表现出其神态，绘声绘色，十分富有表现力。

作为一部描写三国时代的历史小说，乱世风云赋予了《三国演义》一种独特的战争气质。《三国演义》自始至终都是在战争背景下展开的，作者十分擅长描写战争场景，十分擅长描写处在战争环境下的英雄人物，如写吕布战三英、关羽温酒斩华雄、张飞喝断长坂坡、曹操赤壁横槊赋诗等，手法多种多样，既有正面叙述，也有侧面描写；既有详细刻画，又有简单勾勒；既有以虚写实，又有以实写虚。

同时，作者还成功地处理了历史与文学的关系，形成了“七实三虚”的艺术特色。《三国演义》在处理历史事实与文学虚构的关系时，主要原则有以下几点：一是有利于更突出地表现人物个性；二是有利于情节的跌宕起伏，生动感人；三要符合全书整体的“拥刘贬曹”的政治道德倾向。这种对虚实关系的处理使《三国演义》产生了巨大的艺术冲击力和感染力，使之成为一部影响深远的英雄豪杰的传奇，仁人志士的颂歌。

英雄传奇《水浒传》

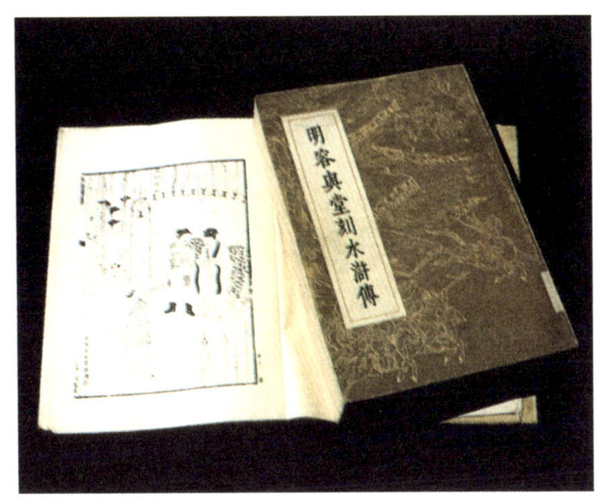

明容与堂刻本《水浒传》

大致与《三国演义》同时代，施耐庵（约1296—1371）创作了长篇小说《水浒传》。《水浒传》写尽英雄侠客、大奸大盗，有滑稽处，有悲悯处，世间百态尽在其中，从明末一直流传到今天，魅力经久不衰。

《水浒传》是中国历史上第一部以白话文写成的章回小说。它以发生在北宋末年的宋江起义为题材，历史地再现了起义的发生、发展过程和悲壮结局。南宋时，梁山英雄故事已经广泛流传，当时的龚开即作有《宋江三十六人赞并序》。宋元之际，还有不少取材于水浒故事的话本出现。经过各朝各代的演绎，在元杂剧中，梁山英雄最终发展到一百零八人。

施耐庵创作的《水浒传》融合了此前梁山好汉故事的精华，紧扣“官逼民反”“逼上梁山”的主旨，详尽地描摹了一幅波澜壮阔的历史画卷。翻开《水浒传》，最引人注目的就是书中塑造的精彩纷呈的英雄形象，施耐庵运用肖像描写、细节描写等多种方式，将梁山好汉刻画得栩栩如生。

全书以第 40 回为分界线，前 40 回主要写各位好汉聚义梁山的经过，第 40 回后，梁山起义发展到了一个新的阶段，开始了与官军、地方豪绅武装更大规模的战斗，如三打祝家庄，破曾头市，破高唐，攻打青州、华州、大名府、东昌府、东平府等。在官军连连受挫的情况下，朝廷开始对梁山实施招安政策。《水浒传》的梁山起义，是以接受朝廷招安从而被彻底剿灭为结局的。

豹子头林冲是《水浒传》中一个复杂的形象，是“逼上梁山”的典型人物。他本是东京八十万禁军教头，正直善良，生活小康，并无其他非分之想。高俅之子欲抢占他的妻子，并加害于他，林冲一再忍辱；直到高俅一计不成，再生一计，必欲置他于死地时，他才看到唯有反抗，再无他路可走。于是杀死仇人，投奔梁山。

而呼保义宋江，在江湖上被称为“及时雨”，为官多年，吏道纯熟，一方面仗义疏财，擅长领袖之道；另一方面心思深沉，手段老练，是梁山好汉中忠君思想最浓重的人。施耐庵把这样一个性情复杂的人写得活灵活现，直到今天，宋江这一形象在读者中仍然颇多争议。

施耐庵写人，有时通过语言，有时通过具体的行为；有时正面描写，有时曲笔衬托；有时甚至只是一笔，就活画出人物个性。比如行者武松，施耐庵写他容貌“一双眼光射寒星，两弯眉浑如刷漆”，仅

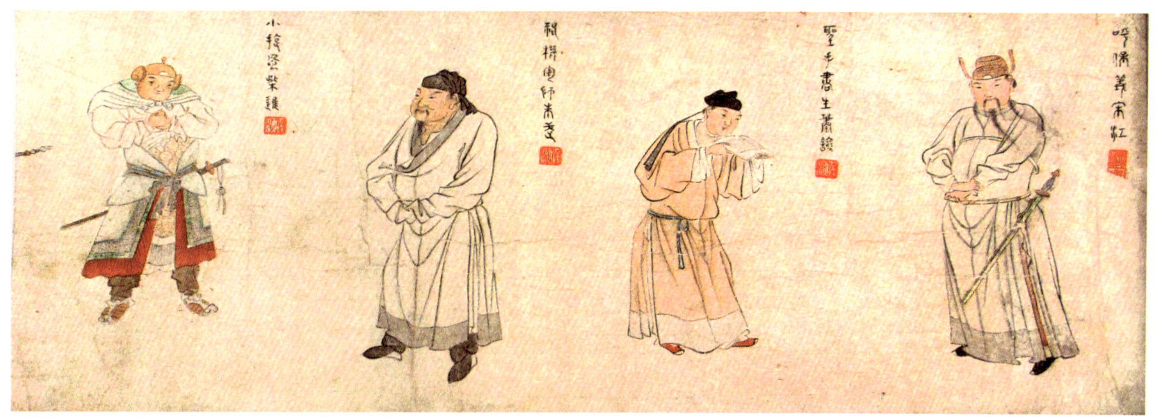

清人绘《水浒人物图卷》

仅通过一双寒光四射的眼睛，就一下子揭示出武松精明英武的性格特点。林冲、鲁智深和杨志三人，都是军官出身，都武艺高强，但在施耐庵笔下，他们的个性迥然不同。《水浒传》中的梁山好汉各有各的魅力，各有各的精彩，使人读过之后难以忘怀。

《水浒传》的结构是纵横交错的复式结构。梁山起义全过程贯穿全篇，其间连缀着相对独立的人物故事。《水浒传》写人传神，写事更是精彩。林冲雪夜上梁山、杨志卖刀、武松打虎、卢俊义起解等故事，千百年间一直为人津津乐道。武松打虎是《水浒传》中一个著名的故事，其实，书中一共写过三次打虎，分别是武松打虎，李逵杀虎，解珍、解宝猎虎，三次打虎毫不重复，不同英雄的性格得到了充分的体现。

卓越的细节描写，是《水浒传》对中国古代小说艺术的一大开拓性贡献。《三国演义》由“讲史”而来，更侧重宏观叙述；而《水浒传》由“小说”而来，因而更擅长描写，特别是细节描写，如《风雪山神庙》中对林冲的刻画：

> 入得庙门，再把门掩上，旁边正有一块大石头，掇将过来，靠了门。入得里面看时，殿上塑着一尊金甲山神，两边一个判官，一个小鬼，侧边堆着一堆纸。团团看来，又没邻舍，又无庙主。林冲把枪和酒葫芦放在纸堆上，将那条絮被放开。先取下毡笠子，把身上雪都抖了，把上盖白布衫脱将下来，早有五分湿了，和毡笠放在供桌上。把被扯来，盖了半截下身。却把葫芦冷酒提来慢慢地吃，就将怀中牛肉下酒。

木板年画《忠义堂》，描绘了梁山泊忠义堂以宋江为首的英雄好汉。

《武松打虎》，今人刘继卣绘。

清代年画《三打祝家庄》

寥寥数笔，便将林冲入庙后的行为举止写得细致入微，将庙中的环境写得真实可见，节奏平缓舒和，气氛冷静孤寂，为下文的激烈冲突作了“宁静”的铺垫。

《水浒传》是中国历史上第一部完全使用通俗口语写成的长篇小说，标志着古代通俗小说语言艺术的成熟。在写人状物的过程中，小说大量使用民间俗语、俚语，使整体语言风格显得生动活泼、明快爽朗。此外，《水浒传》的人物语言个性鲜明，如宋江言必忠义、李逵出口鲁莽，语言的个性化对塑造人物形象、推动情节发展起到了重要作用。

神魔小说《西游记》

“你挑着担，我牵着马，迎来日出送走晚霞，踏平坎坷成大道，斗罢艰险又出发。一番番春秋冬夏，一场场酸甜苦辣，敢问路在何方，路在脚下……”这是中国家喻户晓的电视剧《西游记》的主题曲，生动形象地唱出了唐僧师徒四人西天取经的艰辛和豪迈。

《西游记》是中国古代文学史上成就最高的神魔小说，相传作者为明代的吴承恩（约1500—1582）。“神魔叙事”是《西游记》最突出的艺术特色。《西游记》所写的人物主要可以分为三类：一是神仙佛道，如如来佛祖、玉皇大帝、王母娘娘、观音菩萨、太上老君、二郎神、哪吒等；二是人间凡俗，如唐太宗、寇员外、上官郡侯等；三是妖魔鬼怪，如白骨精、黄袍怪、灵感大王、牛魔王、红孩儿、蝎子精等。各类人物中，都有十分出彩、个性鲜明的形象。

唐僧是《西游记》中最重要的人物形象之一，他自幼出家，法号玄奘，是虔诚的佛教徒。为了造福社稷苍生，他告别东土大唐，不顾重重险阻，前往西天取经，在取经路上先后收孙悟空、猪八戒、沙僧为徒。由于恪守出家人“慈悲为怀”

皮影戏中的孙悟空

的戒条，他多次误入妖怪的圈套。在经历九九八十一难，克服众多的艰险后，终于取得真经、修成正果。

孙悟空是小说中塑造得最成功的形象之一。他原是石猴，受日月之精华孕育而成。学成本领后，他自称齐天大圣，索宝龙宫、勾名地府、大闹天宫，处处体现了反抗束缚、挑战权威、追求平等与个性解放的叛逆精神。这是孙悟空最突出的性格特征，也是这一形象的最大魅力所在。吴承恩更浓墨重彩地描写了在保护唐僧西天取经的路上，孙悟空的勇于斗争和足智多谋。他火眼金睛、善辨真假，更善于利用身体的变化和错综复杂的矛盾关系来降妖除魔。

猪八戒是唐僧的二弟子，法号悟能。他本是天上的天蓬元帅，因醉酒调戏嫦娥被贬人凡间，投胎时误投猪形。他身强力壮，忠诚能干，但又好吃懒做，喜欢占小便宜，还有些好色。不同于唐僧和孙悟空的"不食人间烟火"，猪八戒的形象具有一定的人间味和喜剧性，长久以来深受人们的喜爱。

与唐僧师徒形成鲜明对比的，是《西游记》中所描写的奸淫掳掠、恶贯满盈的妖怪。这些妖怪占山为王、仗势欺人，是当时社会黑恶势力的代表。同时，这些妖怪形态各异，背景、能力、手段也各不相同。白骨精是其中的一个典型代表，为吃到能让人长生不老的唐僧肉，白骨精先后变化成花容月貌的女子、颤颤巍巍的老妪、慈眉善目的老头，但不管怎么变化，都被孙悟空一眼识破，"孙悟空三打白骨精"也成为《西游记》中的经典。

《西游记》的整体基调是神幻的，但现实所指是真实的、深刻的。作者的主观意图并非直接揭示社会黑暗，但客观效果却是"在游戏中暗传密谛"。作者在调侃讽刺、插科打诨中，对当时社会的时弊世俗以及目无法纪、仗势欺人、穷奢极欲的人进行了无情的讽刺，这便是《西游记》的现实意义不同于一般神魔小说之所在。

从结构上看，《西游记》共100回，其内容主要可分为三个部分：第1至7回写石猴的诞生及大闹天宫；8至12回交待唐僧西天取经的缘起；13至100回，写孙悟空、猪八戒、沙僧保护唐僧经历重重劫难前往西天取经的过程。这三部分是一个有机的整体，以第一、第三两部分为重点，中间部分主要起情节过渡的作用。

作为一部神魔小说，"奇"和"幻"构成了《西游记》最主要的艺术特色。首先是"奇"，《西游记》构思出一系列奇诡绚丽的景象，既有现实的真实感，又有神魔世界的奇异感和生动性。作者描写了神通广大的各路神仙、法力无边的各种宝物，每个故事都波澜起伏，因果分明，而场景则瑰丽奇谲。花果山

电视剧《西游记》中的师徒四人

就是作者描绘出来的奇景：

国近大海，海中有一座名山，唤为花果山。此山乃十洲之祖脉，三岛之来龙，自开清浊而立，鸿蒙判后而成……丹崖怪石，削壁奇峰。丹崖上，彩凤双鸣；削壁前，麒麟独卧。峰头时听锦鸡鸣，石窟每观龙出入。林中有寿鹿仙狐，树上有灵禽玄鹤。瑶草奇花不谢，青松翠柏长春。仙桃常结果，修竹每留云。一条涧壑藤萝密，四面原堤草色新。正是百川会处擎天柱，万劫无移大地根。

《西游记图册》，明代佚名绘。

年画《无底洞》，描绘孙悟空、哪吒迎战玉鼠精的场景。

《西游记》的另一大艺术魅力在于“幻”，在于其丰富的想象力。作为一部神魔幻想小说，丰富的想象是组织情节、塑造人物形象所必须的。《西游记》中，孙悟空、猪八戒、龙王、众多的妖魔鬼怪都是作者虚构出来的形象，作者还幻想出金箍棒能够无限伸缩、真假猴王比武较量、九九八十一难等魔幻的场景。

当然，《西游记》在思想内容和艺术造诣上也有不足，例如在思想上，有着较为浓厚的宿命轮回观念；在情节设计上，为凑成九九八十一难，有时会出现模式化倾向。在人物刻画方面，唐僧、沙僧、玉帝等人的形象比较单薄，人物性格缺乏发展。在众多的神仙佛道、妖魔鬼怪中，真正个性突出、能给人深刻印象的也并不是很多。

鬼怪小说《聊斋志异》

蒲松龄像

在17世纪的中国，诞生了一部闪耀着浪漫主义光芒的鬼怪小说。最初，它以手抄本等形式广泛流传，后来被搬上戏曲舞台，时至今日，又被拍成电影电视剧，深受人们的喜爱。这就是清代文言短篇小说集《聊斋志异》。它的作者蒲松龄（1640—1715），山东淄博人，世人以其书斋号称他聊斋先生。

《聊斋志异》全书约500篇，内容丰富，题材广泛，多数作品讲述精怪鬼魅的故事。“聊斋”取自作者的书斋名称，“志”是记述的意思，“异”是指奇异的故事。蒲松龄在广泛搜集民间鬼怪故事和野史杂谈的基础上，创作了《聊斋志异》。

《聊斋》中有很多作品揭露了封建社会的黑暗现实，反映了贪官污吏贪赃枉法、欺压人民的暴行，这方面的代表作品主要有《席方平》《梦狼》《促织》等。《席方平》中描写了席廉、席方平一家的悲惨遭遇，由于席廉与里中富室羊姓有过节，羊姓死后，在阴曹地府买通冥吏，使席廉枉死。席廉之子席方平到阴间伸冤。而羊姓则继续贿赂诸冥吏，并买通了冥王，他们对席方平严刑拷打，但席方平始终铁骨铮铮、毫不屈服。

诞生于隋唐的科举制度到了明清时期已经是积弊丛生，蒲松龄对此有着深刻的体会。他一生饱读诗书，学识渊博，才思过人，但屡试不中。而那些纨绔子弟却靠行贿考官顺利进入仕途。残酷的社会现实使蒲松龄对科举制度极度失望，于是，他写出了以《考弊司》《司文郎》《叶生》《于去恶》《贾奉雉》《王子安》等为代表的一系列作品，揭露和讽刺封建科举制度的黑暗。《司文郎》写一瞽僧，可凭嗅觉辨别文章的好坏，于是王平子请他鉴定自己的文章。瞽僧在嗅味后评价其文有造诣，王平子可以中榜。不久，又有一位余杭生向瞽僧请教，瞽僧判定他不能中榜。但数日后发榜，王平子落第，余杭生却高中。瞽僧感叹自己“虽盲于目，而不盲于鼻”，但主考官却是眼、鼻并盲。这无疑是对科举制度的辛辣讽刺。

爱情是人类永恒的主题，歌颂纯真爱情的作品在《聊斋志异》中所占篇数最多。这些作品大胆歌颂青年男女纯美的爱情，表达对封建婚姻的不满，代表作有《莲香》《香玉》《婴宁》等。《香玉》描述的是黄生和牡丹精相识相爱的故事。黄生倾心恋爱的白牡丹被别人移走死亡，黄生大为悲伤，写诗五十首日夜哭诉，白牡丹竟然死而复生。黄生死后，化作一棵牡丹，日夜守候在白牡丹的身旁。作者热情赞美了这种“惊天地泣鬼神”的真挚爱情。

在浩繁的中国古典文学中，《聊斋志异》以其独特的艺术魅力独树一帜。其中最突出的一点是其表现手法新颖独特，作品借花妖狐怪的虚幻故事，反映当时的现实生活。而这些花妖狐怪“多具人情”，既有自然原型的特征，又包含着丰富的人类情感。《聊斋志异》写了大量的花妖狐怪，作者一般都对他们持赞许的态度，很多狐女不仅容貌秀美、身姿婀娜，而且具有纯真、善良、勇敢、智慧的品格。

《聊斋志异》中的故事，情节大多一波三折。鲁迅评价：“用传奇法，而以志怪。”所谓的“用传奇法”就是指传奇之“扩其波澜，施之藻绘”，使故事情节曲折多变，在叙事上更有起伏，在笔法上更加成熟。在语言方面，《聊斋志异》用字用词既含蓄精炼，又不时引入口语、俚词、山东方言，使得语言的整体风格生动活泼又不失典雅别致，在写人状物方面十分具有表现力。

《聊斋志异》全书个性鲜明、栩栩如生的人物形象不下百个，尤其是众多可爱的女性形象。她们有的是狐精，有的是花妖，有的钟情，有的浓烈，展示出迷人的芬芳和动人的光彩。如狐女小翠的热情开朗，青凤的羞涩聪颖，婴宁的憨厚，白秋练的风雅……

《促织》讲述了一户普通人家因向朝廷进贡蟋蟀引起的大悲大喜的故事。

《画皮》讲述了厉鬼披上人皮伪装成美妇来吃人的故事。

蒲松龄在谈到自己创作《聊斋志异》的缘由时说："集腋为裘，妄续幽冥之录；浮白载笔，仅成孤愤之书。寄托如此，亦足悲矣！"尽管蒲松龄一生不得志，但他的《聊斋志异》在民众中得到了广泛的流传，在后世学者中得到了极高的评价。现代作家老舍曾称赞此书"鬼狐有性格，笑骂成文章"；郭沫若亦对此书十分推崇，赞其"写鬼写妖高人一等，刺贪刺虐入骨三分"。

巅峰之作《红楼梦》

曹雪芹像，今人蒋兆和绘。

在历经近千年的发展后，中国古典小说在18世纪迎来了它的巅峰之作——《红楼梦》。

《红楼梦》又名《石头记》，问世后即以手抄本的形式流传了几十年，“当时好事者每传抄一部，置庙市中，昂其价，得金数十，可谓不胫而走者矣！”当时甚至出现了“开谈不说《红楼梦》，读尽诗书也枉然”的说法。

《红楼梦》最为人熟知的，是书中讲述的宝黛爱情故事，以及贾、王、史、薛四大家族由盛转衰的故事。全书共120回，一般认为，前80回为曹雪芹所著，后40回由高鹗续写。

曹雪芹，名霑，号雪芹。大约1715年出生于清朝江宁府（今江苏南京），卒于1763年左右。祖上曾任江宁织造，他经历了家族迅速衰败的过程，感受了封建王朝政治风云的骤变，备尝人间冷暖、世态炎凉。家族衰败后，他生活贫困潦倒，“举家食粥酒常赊”。因此，对于社会、人生，他有独特的深切理解。曹雪芹曾自言“满纸荒唐言，一把辛酸泪。都云作者痴，谁解其中味”。《红楼梦》中的《好了歌》就形象地描述了这种世事无常、枯荣悲欢：

> 世人都晓神仙好，惟有功名忘不了！古今将相在何方？荒冢一堆草没了！世人都晓神仙好，只有金银忘不了！终朝只恨聚无多，及到多时眼闭了。世人都晓神仙好，只有娇妻忘不了！君生日日说恩情，君死又随人去了。世人都晓神仙好，只有儿孙忘不了！痴心父母古来多，孝顺儿孙谁见了？

选自《全本红楼梦》图册，清代孙温绘。此图表现《红楼梦》第三回宝黛初识，宝玉摔玉的情节。

而这也恰恰揭示了四大家族的衰败以及这种衰败的必然性。《红楼梦》中是以荣、宁二府兴衰为主线进行描写的。“赫赫扬扬已历百年”的望族贾家，在风光的表层下，却是问题百出。如果分析贾家衰败的原因，直接原因莫过于元妃的去世，导致了贾府失宠，受到当权者的排挤而被抄家。但根本原因首先在于贾府弟子大多毫无作为，肆意挥霍，求仙问道，迂腐不堪；其次，类似王熙凤一般，专横跋扈，敲诈勒索，谋财害命，屡见不鲜；再次，贾府上下，矛盾重重，正如探春所说：“必须先从家里自杀自灭起来，才能一败涂地。”

而《红楼梦》最动人心魄之处还是宝黛爱情悲剧，这既是一出命运的悲剧，也是性格的悲剧，更是当时的社会悲剧。宝黛爱情的悲剧，首先悲在命运。宝黛的爱情似是已前世注定，那就是感人肺腑的“木石前盟”，但似乎命运捉弄，突然又出现了“金玉良缘”一说。面对“木石前盟”和“金玉良缘”的贾宝玉，虽然自身倾向于林黛玉，但在封建礼教面前，他是渺小的。贾宝玉身为贾家子孙中唯一有希望可以中兴家业的继承人，这也是他的命运。正因此，家中长辈就必须摧毁他和林黛玉的爱情，就必须聘娶

清人绘《怡红夜宴图》，表现《红楼梦》第六十三回诸姐妹为宝玉过生日的情景。

维护封建主义的薛宝钗。而且陷于困境的贾家也渴望薛家的支持，急需能干的薛宝钗来治理家庭。“金玉良缘”体现着贾薛两家的根本利益。贾宝玉和林黛玉都难逃这样的命运。

其次悲在性格。黛玉“心较比干多一窍”，在贾府生活“步步留心，时时在意，不肯轻易多说一句话，多行一步路，唯恐被人耻笑了他去”。然而黛玉虽然寄人篱下，却生性孤傲，天真率直，胸无城府，爱恨分明，言行举止间并不掩饰自己的喜怒好恶。这首《葬花词》正是黛玉的最好写照：

> 愿奴胁下生双翼，随花飞到天尽头。天尽头，何处有香丘？未若锦囊收艳骨，一抔净土掩风流。质本洁来还洁去，强于污淖陷渠沟。尔今死去侬收葬，未卜侬身何日丧？侬今葬花人笑痴，他年葬侬知是谁？试看春残花渐落，便是红颜老死时。一朝春尽红颜老，花落人亡两不知！

《黛玉葬花》，清代费丹旭绘。

电视剧《红楼梦》剧照

“质本洁来还洁去”，正是她的人格追求。对于贾府的统治者，她也从来不说奉承话故意讨好。出于孤苦的身世和强烈的自尊，黛玉对于他人的歧视和讥讽分外敏感。基于自卫心理，黛玉有时出语未免尖刻，有时也哭哭闹闹，给人“小性儿”的印象。而这样的气质和脾性，不仅很难让她融入贾府这个复杂的大家庭中，反倒加重了别人对她的成见。

而对于贾宝玉，作者在第 3 回有过概括而形象的说明：“无故寻愁觅恨，有时似傻如狂。纵然生得好皮囊，腹内原来草莽。潦倒不通庶务，愚顽怕读文章。行为偏僻性乖张，那管世人诽谤。”作者所赋予贾宝玉最鲜明的性格，就是与当时的社会格格不入的叛逆精神。他对于锦衣玉食、安富尊荣的生活不满、厌恶，乃至愤懑，不肯走当时一般贵族子弟所走的“学而优则仕”的“为官为宦”的道路。他对男尊女卑的观念进行了大胆的挑战，把他的全部热情和理想寄托在那些纯洁的女孩儿身上。而林黛玉恰恰是他思想上的知己，他当众宣布：“林姑娘从来说过这些混账话吗？要是她也说过这些混账话，我早和她生分了。”可见，宝黛的性格中都有着与封建思想格格不入的一面，这也就使得他们的爱情不可能被封建社会所允许。

最后悲在社会。《红楼梦》中两个爱情主角贾宝玉和林黛玉，他们不再是以前戏剧小说所常写的“金榜题名”的才子和温婉贤淑的佳人，而是两个性情乖僻、被别人嘲弄为有“痴病”的封建主义的叛逆者。正是由于当时社会不单单是在自由恋爱这点上不可能达到，而是在许多思想问题、生活问题上都存在着桎梏，才导致了这样的悲剧。比如说封建家庭中的男尊女卑、主仆关系以及礼教道德等等，这是整个社会的问题，作为叛逆者出现的宝黛，以一己之力绝对不可能与之抗衡。因此，并不是由于简单的门不当户不对，并不是简单地由于自由恋爱触犯了封建婚姻制度，而是在于这一爱情本身所包蕴的反封建色彩为社会所不容造成了悲剧，这就从根本上决定了宝黛的爱情只能以悲剧告终。

《红楼梦》不仅因故事取胜，其中所运用的艺术手法，尤其是语言艺术也让人拍案叫绝。一是人物对话异常精彩。《红楼梦》中的人物对话，不仅具有刻画人物的功能，而且具有叙述、揭示主题、概括人物性格的功能，看似平淡含蓄的语言却内涵深远。 如王熙凤一出场，“未见其人，先闻其声”，她的干练挥洒、巧言令色，她的管家奶奶的地位，都一笔写出。二是言简意赅的语言表现力。这在《红楼梦》中得到了充分的体现：既明白晓畅，又意蕴无穷，既简洁之极，也丰富之极。在遣词造句上，堪称达到了“一字不可更改，一字不可增减，入情入神之至”的境界。 三是《红楼梦》的语言有一种朴素的美，朴素之中又包含着浓郁的诗意。那些优美的诗词，为小说增添了无尽的诗意，诗化了生活、诗化了环境、诗化了人物的感情与性格。朴素而富有诗意的语言，使《红楼梦》达到了雅俗共赏的艺术境界。

《红楼梦》不但是属于中国的，也是属于世界的。它已有英、法、俄等十几种语言的节译本和全译本，并且在国外也有不少人对它进行研究，写出了不少论著。《红楼梦》已成为全世界共同的精神财富。

中國現代文学館

中国现当代文学发展概观

从“五四”开始的中国新文学，通常被分为现代和当代两个阶段。现代文学以1917年前后发生的“文学革命”为开端，至1949年中华人民共和国成立终止；而当代文学则是指1949年至今的文学。

现代文学虽然只有30年左右的历史，却是中国文学发展进程中一个巨大而根本的转折点，它所具有的承前启后的历史特质，是中国以往任何一段文学史难以相比的。当代文学更是经历了复杂多变的发展进程，它越来越贴近社会生活，并正以前所未有的开放姿态走向世界。

中国现当代文学的历史进程

现代文学发展的三个十年

第一个十年（1917—1927）是现代文学开拓与奠基的阶段。鲁迅、郭沫若等一批现代文学的奠基人及其奠基之作，文学研究会和创造社等最初一批重要的文学社团流派，都出现在这一阶段。1917 年初，胡适、陈独秀分别在《新青年》上发表了《文学改良刍议》和《文学革命论》，标志着文学革命运动的正式兴起。随即出现了大量的文学刊物，涌现出众多的新文学社团，其中重要的有文学研究会、创造社、语丝社、新月社等。文学研究会对现实主义的追求，创造社对浪漫主义的高扬，形成了各具特色的两大风格流派，对新文学的发展产生了深刻的影响。这一时期新文学作家们还译介了大量的外国文学作品，拓展了中国文学与世界文学相联系的格局。

新青年

LA JEUNESSE

陳獨秀先生主撰

第三卷第二號

上海群益書社印行

《新青年》是“五四”时期提倡“新文化”“新文学”的主要阵地。

第二个十年（1928—1937）是现代文学发展和成熟的阶段。1928 年前后兴起的无产阶级革命文学运动，进一步强化了文学与社会的关系。30 年代初成立的“左联”等左翼文学团体，把这一运动推向高潮。这一时期文学创作的思想性和社会性显著增强，作家从多方面反映和揭露帝国主义对中国军事、经济、文化的侵略，批判半殖民地半封建社会光怪陆离、纸醉金迷的腐朽生活。很多作品不仅表现底层民众的苦难遭遇，而且着力描写他们的觉醒与反抗，显示了新文学创作所达到的新的思想深度。

第三个十年（1938—1949）是现代文学的深化和转型阶段。抗日战争的全面爆发与解放战争的进行，使民族斗争与阶级斗争成为这一时期文学的主要内容。这一时期又以1942年为界分为两个阶段。前一阶段是抗战初期的文学，抗日救亡是压倒一切的文学主题，出现了大量通俗明快、短小精悍的文艺作品，如街头诗、独幕剧等。同时还出现了一系列历史剧，作家们纷纷借历史故事反映严峻的现实，表达人民的正义呼声，其中以郭沫若的《屈原》《虎符》等影响最大。后一阶段文学分为解放区和国统区两大区域。在解放区，毛泽东的《在延安文艺座谈会上的讲话》提出文艺为工农兵服务的方向，强调文学的中国气派与民族特色。在国统区，文学创作的主题是反压迫、争民主，出现了大量具有讽刺性、揭露性的作品，如茅盾的《腐蚀》、巴金的《寒夜》、袁水拍的《马凡陀的山歌》、陈白尘的《升官图》、钱钟书的《围城》等。作家们从不同角度，运用不同体裁，暴露和批判了国统区的黑暗现实。

当代文学发展的四个阶段

十七年文学（1949—1965），是新中国建立后最初一个阶段的文学。它继承了“五四”以来的新文学传统，倡导社会主义现实主义创作方法。其基本特征是：文学走进新的历史阶段，广大作家以无比的热情，歌颂新社会，描写人民当家作主的新时代，展现天翻地覆的社会变革，表现社会主义的时代精神。

“文革”时期的文学（1966—1976），这是一个特定历史时期的文学，社会的大动荡、大破坏给文学带来了空前的灾难。“文革”期间，虽然也有一些文学创作，但政治观念和意图更直接地转化为文学作品，作品的接受行为也被赋予了特定的政治意义，文学在这一时期被彻底扭曲了。

新时期文学（1977—1995），“文革”结束到改革开放，再到1992年中国开始实行社会主义市场经济，文学也随着思想解放和社会发展走向了复苏和繁荣。这一时期文艺思想与文学创作都十分活跃，文学的题材、形式和风格丰富多样。在现实主义主潮之外，象征主义、意识流、超现实主义、魔幻现实主义、荒诞派、黑色幽默等世界各国的文学思潮、流派、创作方法，在作家们的笔下几乎都有所表现，体现了新时期作家大胆的探索创新精神。

世纪之交的文学（1996年至今），随着经济的全球化、人类生活的信息化，文学发展也进入了一个文化形态和文化立场多元共存的新阶段。许多作家坚持个人风格与民族精神的融合，在艺术表现形式上积极探索，在思想深度上不断开掘。以莫言获得诺贝尔文学奖为标志，显示了中国当代文学所达到的新高度。与此同时，80后甚至90后写作的出现，以及网络文学的迅速发展，也预示着中国当代文学所面临的新的前景和挑战。

中国现当代文学的主要特点

现代文学的本质特点

现代文学作为承前启后的一段文学，具有鲜明的特点：

新旧文学的冲突与承传

现代文学是在“五四”时期新的历史条件下产生的，它体现出全新的现代社会、现代人生的精神风貌和崭新的文学表述方式，但它也是几千年中国传统文学发展演进的必然结果。比如中国小说源远流长，明清以来更是出现了众多白话小说，而“五四”以来现代小说以全新的思想内涵和前所未有的表现形式，掀开了中国小说发展史上崭新的一页，展示了现代人的行为方式与思维方式。但中国传统小说的思想精华与艺术技法在现代小说中仍有一种无形而深刻的承传。诗歌也是如此，现代新诗尽管是在对传统旧诗的反叛和彻底决裂中确立的，但传统诗歌的美学意境，古典诗人的审美修养，尤其是中国古典诗歌感时忧民、愤世嫉俗的传统精神，在深层次上对现代诗人产生了巨大的影响。

中外文学的相互交融

现代文学是在充分吸收外来各国文学与文化的基础上发展起来的，许多新文学作家作品甚至是在外国文学的直接影响下出现的。“五四”新文学的这一特点，使它表现出了与以往几千年中国传统文学的根本不同。中国新文学的形成与世界文学大潮的冲击有着密切关联，例如现代新诗在更大程度上就是受到外来文化思潮的撞击和刺激而产生的。那些外国批判现实主义和浪漫主义的作家作品，那种自由开放的思想追求与艺术形态，正契合了“五四”新文学的历史使命，催发了中国现代新诗的诞生。

伴随始终的使命感和责任感

现代文学虽然历史不长，但大家纷涌，名作众多，并出现了一批风格独特的创作流派。30 年的时间里涌现出鲁迅、郭沫若、茅盾、巴金、老舍、曹禺、艾青、丁玲、赵树理、叶圣陶、许地山、朱自清、周作人、胡适、冰心、闻一多、徐志摩、戴望舒、穆旦、萧红、沈从文、钱钟书、张爱玲等一大批卓有建树的作家，可以说这是时代和历史对现代文学的特别赐予。现代文学在整体上形成了自己的根本特质，这就是责任感、使命感以及对艺术境界的不懈追寻。这种特质使中国现代文学在思想和艺术上都达到了很高的水准。

当代文学的主要特点

当代文学历经坎坷，但始终不断向前发展，在这一过程中它形成了自己的重要特色。

文学与时代的密切联系

当代文学承传着“五四”新文学的血脉，时代又赋予它鲜明的社会主义性质。这一性质决定了当代文学在其发展进程中，始终受到时代社会的影响。反映时代主旋律，表现社会进步，展现人民的精神风貌，是当代文学的基本诉求。

由一元到多元的文学格局

随着时代社会的不断发展，当代文学也由一元走向了多元的格局。从工农兵文学到现实主义、现代主义、后现代主义等等，当代文学逐步摆脱文学为政治服务的束缚，引发了文学观念与价值的嬗变，借鉴与探索迭起，风格与流派争妍，文坛越来越呈现出多元开放的格局。

探索与困惑并存

当今全球化与信息化的时代，各种文化差异和文化矛盾也逐渐显现出来。20 世纪 90 年代以来，文学创作与商业操作之间的冲突日益激烈，在市场体制下，纯文学与通俗文学都无法离开出版运作和文化消费市场的选择。作家与知识分子在整个社会中的作用和位置趋向“边缘化”，因而在当代文学表现的内容中，乐观情绪受到相当的削弱，犹豫困惑、批判反省的基调得到凸现，形成了探索与困惑并存的特点。

壬戌秋日

现代小说：时代的回声

现代小说是从短篇起步的，“五四”时期，叶圣陶等代表的现实主义风格和郁达夫等代表的浪漫主义风格的创作，都以短篇为主。鲁迅的小说更是以篇幅短小精悍见长，划时代的《狂人日记》和后来结集的《呐喊》《彷徨》，手法多变，风格多样，可谓现代短篇小说的高峰。20 世纪 30 年代前后，中长篇小说逐渐增多，茅盾的《子夜》、巴金的《家》、老舍的《骆驼祥子》、沈从文的《边城》等将现代小说推向成熟的境地。40—50 年代，长篇小说不断发展，新老作家都有成功作品问世，如巴金的《寒夜》、老舍的《四世同堂》、钱钟书的《围城》、丁玲的《太阳照在桑干河上》、周立波的《暴风骤雨》，以及《红岩》《红日》《红旗谱》和《青春之歌》等。

鲁迅：新文学的奠基人

鲁迅

鲁迅（1881—1936），原名周树人，出生于浙江绍兴一个没落的士大夫家庭，“鲁迅”是他发表第一篇白话小说《狂人日记》时所用的笔名。鲁迅青少年时代读过私塾，考过科举，有着坚实的传统文化基础。1898 年，他走出家乡，到南京等地学习新学。1902—1909 年，在日本留学 7 年。在此前后，他愈益认识到中国国民最应被拯救的，不是身体的病痛，而是精神的顽疾，于是弃医从文，选定文学作为自己拯救国民精神的途径。

1918 年 5 月鲁迅在《新青年》上发表了中国第一篇现代白话小说《狂人日记》，此后又连续发表了《孔乙己》《药》《阿 Q 正传》等十几篇小说，于 1923 年集成《呐喊》出版。这些作品以彻底反封建的深刻思想和新颖成熟的艺术形式，显示了文学革命的实绩，深深地震撼了当时追求进步的知识青年，奠定了中国现代小说发展的基础。随后，鲁迅陆续创作出版了小说集《彷徨》、抒情散文集《野草》、叙事散文集《朝花夕拾》、历史题材小说集《故事新编》及十多部杂文集。鲁迅全部的文学创作和文学活动都是为了一个崇高的目标，即改造国民的精神、拯救民族的命运。鲁迅作品及其思想的伟大和深刻皆源于此。1936 年 10 月鲁迅病逝于上海，他的灵柩上覆盖着绣有“民族魂”三个大字的旗帜。

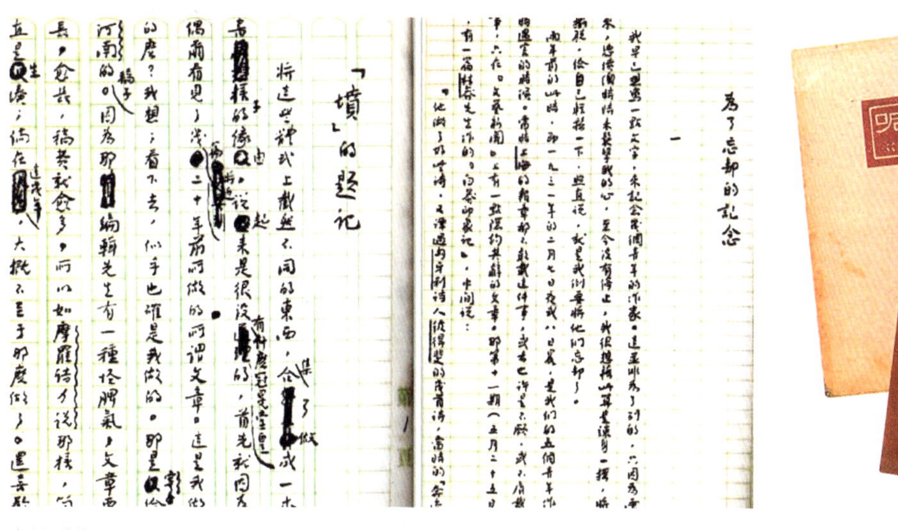

鲁迅手稿

鲁迅亲自设计的《呐喊》封面

最初的呐喊：《狂人日记》

《狂人日记》是鲁迅的第一篇用白话写成的小说，也是新文学史上第一篇具有真正现代意义的短篇小说。小说以现实和象征相结合的手法，透过狂人的意识流动揭示了三个层次的深刻内容：一是透过狂人的眼睛，看穿了中国几千年的历史是“吃人”的历史；二是透过狂人的感受，表明吃人不仅是历史，现实中依然存在；三是透过狂人之口，呐喊出“救救孩子”的呼声，表达出对未来的期望。“狂人”的形象不仅具体鲜活，而且也具有独特的象征意义，他是包括作者鲁迅在内的“五四”时期最初觉醒的先进知识分子的群体象征。

不朽的名作：《阿 Q 正传》

《阿 Q 正传》最初连载于 1921 年 12 月至 1922 年 2 月的《晨报副刊》。

《与阿 Q 像》，蒋兆和绘。

小说主人公阿 Q 生活在辛亥革命时期社会矛盾深重的江南村庄——未庄，他是一个极其贫困的流浪雇农，无家无业，无亲无故，靠给人做短工维持生活。未庄的人平时谁也不注意阿 Q，只在活忙的时候才记起他这个廉价劳动力来。阿 Q 的社会地位非常低，连自己的姓氏都不可考，一次当他喝罢两杯黄酒，说自己原是赵太爷的本家时，赵太爷竟然差使地保把他叫去，给了他一记耳光，不许他姓赵。阿 Q 的精神和人格随时受到人们的嘲弄和戕害。然而，这样一个被侮辱被损害者，他自身却似乎并无真正的愁苦，反而整天优哉游哉。这是因为在阿 Q 身上束缚着一种可怕的精神枷锁，那便是“精神胜利法”：每当在生活中受了侮辱，他会以“你算是什么东西”“我总算被儿子打了”等“妙语”安慰自己，在精神幻想中“战胜”怨敌，靠自欺欺人来消除耻辱，取得安慰；他死爱面子，不敢正视自己的弱点和缺点，连身上的虱子不如王胡多也觉得“大失体统”；他还欺善怕恶，欺弱怕强，被赵太爷打了耳光，挨了假洋鬼子的哭丧棒，他都不敢抗争，却转而向弱小者去报复，他调笑小尼姑、与王胡及小 D 打架，都是典型的表现。此外，阿 Q 还十分麻木、健忘，无论是多大的屈辱，他也能在获得“精神胜利”后愉快地跑到酒店里喝几碗酒，和别人调笑一通，再愉快地回到寄住的祠堂里倒头就睡。

阿 Q 的“精神胜利法”是一种具有社会性的精神病态，鲁迅对它的解剖意在批判整个旧社会。鲁迅多次表明，塑造阿 Q 的形象，实为画出国民的灵魂，以拯救民族的命运，阿 Q 就是“现代的我们国人的灵魂”。阿 Q 的悲剧命运深刻表明：只有通过强有力的思想启蒙，彻底打碎国民精神上的枷锁，中国的民主革命才会有光明的前景。

《阿 Q 正传》的艺术成就体现在诸多方面，首先是艺术描写的高度典型化。小说在人物塑造上采用了“杂取种种、合成一个”的典型化手法，表现出高度的概括性。小说故意淡化了阿 Q 的身份特征，把他作为连接社会各阶层乃至城乡的一个纽带加以描述，从而增强了“阿 Q 精神”对于当时国民的普遍适用性，而未庄也可以看做古老中国的一个缩影，这样的环境，为阿 Q 的“精神胜利法”的产生和滋长提供了合适的土壤。“精神胜利法”在当时具有极大的普遍性，它表现在作为流浪雇农的阿 Q 身上时却又有其特殊性。这说明，鲁迅笔下的阿 Q 是深受封建思想毒害的、极其个性化的落后农民的典型，而不是抽象概念的化身。其次，细节描写精彩传神。例如小说对赵府点灯的描写，出现在不同的段落里，使赵太爷吝啬贪小的性格，一层深似一层地反映出来，写活了这个人物。第三，强烈的批判与讽刺特色。小说许多地方都穿插着议论的成分，这些诙谐而精辟的议论，给作品涂上了一层浓厚的思想批判色彩。第四，小说语言准确、鲜明、生动、精炼，饱含幽默感，好用反语，多有夸张，显示了鲁迅卓越的语言才能。

《阿 Q 正传》以其深刻的思想性和高度的艺术成就，成为中国现代文学创作中的经典。

《孔乙己》，程十发绘。《孔乙己》是鲁迅继《狂人日记》之后第二篇白话小说，塑造了一位被残酷地抛弃于社会底层的读书人形象——孔乙己。孔乙己可怜而可笑的个性特征及悲惨结局，正是封建传统文化氛围“吃人”本质的表现。

巴金和他的“激流三部曲”

巴金

巴金（1904—2005），原名李尧棠，出生在四川成都一个封建大家庭里。在80余年的文学生涯里，巴金完成了“激流三部曲”《家》《春》《秋》，以及《憩园》《寒夜》等著名小说，《旅途随笔》《生之忏悔》《随想录》等散文作品，还翻译介绍了屠格涅夫《父与子》、王尔德《快乐王子集》等大量世界名著。

家庭是社会的细胞，在中国传统的宗法制度中，“家”更被赋以某些特殊的文化意味。写一部控诉旧家庭的罪恶、展现自己的社会理想和人生理想的小说，在巴金的心中酝酿了多年，而“激流三部曲”的最终完成也经历了长达10年的思索和创作过程。《家》作于1931年，《春》作于1938年，《秋》完成于1940年。由于《家》最初曾叫做“激流”，所以三部作品被合称为“激流三部曲”。全书百万余字，一举奠定了巴金在中国现代文学史上的重要地位。

“激流三部曲”通过封建大家庭高家的没落与分化，以极大的愤怒和激情对封建家长制和旧社会的罪恶进行了有力的控诉、抨击，暴露了以高公馆为代表的封建黑暗王国内部的腐朽堕落和荒淫无耻，表达了处于高家最底层的那些奴隶们“我要做一个人”

《家》的众多版本

的正义呼声。小说热情歌颂了以高觉慧为代表的高家年轻一代的日益觉醒和大胆反抗，并通过他们与旧家庭的决裂，揭示了封建家庭及整个封建社会制度必然灭亡的历史发展趋势。《家》问世以来，总发行数量已超过千万册。香港学者司马长风在他的《中国新文学史》中赞叹《家》是“新文学史上拥有最多读者的一部小说”。

“激流三部曲”最重要的艺术成就是成功塑造了封建大家庭中的各类典型形象，其中以高家三兄弟觉新、觉民和觉慧的形象最有代表性。特别是觉新与觉慧，他们性格不同、命运迥异，生在一个屋檐下，最终却选择了各自不同的生活方式和人生道路。在他们身上，既让人看到了“家”的共同影响，又看到了每个人鲜明独特的个性差异。

觉慧是一个“幼稚而大胆的叛徒”。在他身上，有很多巴金本人的影子。觉慧是高家最早接受新思想的人，也是高家最早起来反抗的人。他敢于蔑视专制家长的权威，针锋相对地与“高老太爷”们抗争。他积极参加进步学生运动，公开支持二哥觉民外逃反抗包办婚姻。他反对大哥觉新的“作揖哲学”，看到大哥事事顺着高老太爷的意志，痛骂他是“懦夫”。他还冲破封建家庭森严的等级观念，大胆地爱上丫头鸣凤……最终，他忍无可忍，带着满腔的悲凉和无比的愤怒，与这个令人窒息的家庭彻底决裂，投身到时代社会的激流中去，开始了新的人生。

巴金不仅写出了觉慧叛逆的一面，还写出了他作为封建家庭中的少爷所固有的本质弱点。觉慧毕竟是高家的子孙，他的反抗再强烈，也难以避免地表现出与自己家庭不可分割的联系。在觉慧大胆叛逆的性格中常常包含着稚嫩和脆弱，他的冲动往往多于理性，他往往过高地估计个人反抗的作用。巴金笔下的觉慧是多侧面的、复杂的，也正因如此才有了这个形象的鲜活与生动。

觉新则是封建大家庭的“牺牲品和殉葬品”。他的原型是巴金的大哥，是作品中性格最复杂、内涵最丰富的人物形象。觉新虽然身为高家的大少爷，但也受到时代的感染和新思潮的影响，也有过自己的追求和对未来生活的向往。他情感细腻，富有同情心，但他却是一个长期在封建专制重压下备受精神折磨的病态的灵魂。在封建旧礼教的长期熏陶下，觉新表现出了异常的怯弱和忍让。他自己的爱情在高老太爷的一句话面前就彻底断送了；他非常同情和理解弟妹们的追求，理解他们对封建家庭的种种不满，他自己也常常有这种不满，但高老太爷的一句话就使他唯唯诺诺；他常常尴尬万分也痛苦万分地在封建统治者与反抗者之间来回碰壁，在双方眼里，他都是没有原则的人，是一个可悲可怜、没用的人；他在大家庭里对上下左右都实行“作揖主义”，但事实上没有人承他的情，领他的意。他自觉不自觉地充当着封建家庭和封建秩序的维护者，读者有时也会愤怒地谴责他，把他看做是封建统治者的帮凶。

整个“激流三部曲”以其宏大精密的艺术结构，剖析了一个大家庭的兴盛衰亡，也进而展示了中国社会历史发展的一个横断面。作品激情洋溢，气势恢宏，充满青春活力，同时又极富悲剧色彩。“激流三部曲”不仅在文学史上具有重要地位，而且，它启发过几代中国人思索生命的价值，选择人生的道路，是一部文学与人生的双重经典。

话剧《家》剧照。1942年，著名戏剧家曹禺将巴金的这部小说改编成四幕话剧，在舞台上历演不衰。

根据巴金同名小说改编的电视剧《家》剧照

老舍和他的北京平民社会

老舍（1899—1966），原名舒庆春，北京人，满族。他对于多种文艺体裁都进行过广泛的实践，尤以长篇小说与话剧作品最有影响。他的初期创作是于1924—1929年赴英国教书期间写下的三部长篇小说《老张的哲学》《赵子曰》《二马》，并由此显露出独特的艺术个性：擅长描写北京市民生活，笔调幽默，视野开阔。1930年回国后至1937年抗日战争爆发是老舍创作的第二个阶段，此间，他创作了长篇小说《猫城记》《离婚》《骆驼祥子》，中篇小说《牛天赐传》《我这一辈子》，短篇小说《月牙儿》等，为底层市民人生的艰难而叹息、鸣不平，建构了自己独特的北京市民社会。40年代以后，老舍的创作进入了深入发展的阶段，代表性作品有长篇小说《鼓书艺人》《火葬》《四世同堂》等。

老舍

老舍非常熟悉北京底层市民的社会生活。他力图从市民阶层的角度，来剖析整个民族的劣根性，从市民的角度来揭示中国社会的本质问题。

《骆驼祥子》是老舍小说的代表作，老舍亦自认为是“我的重头戏”。作品讲述了破产的青年农民祥子来到北平，靠拉洋车为生。他勤劳朴实，善良正直，好强上进，富有责任感和同情心。他最大的理想是买上一辆车，凭力气吃饭，不受车主剥削。尽管他努力奋斗、顽强抗争，但是打击一个个接踵而来：他省吃俭用三年换来的第一辆车被大兵抢走；接下来辛辛苦苦好不容易攒下的买车钱又被孙侦探仗势敲诈勒索；娶了虎妞后，终于在虎妞帮助下买上了车，虎妞却又因难产死去，为置办丧事，不得不将车卖掉……最后，残酷的社会现实不仅使他的梦想破灭，还把他最终变为“堕落的、自私的、不幸的社会病胎里的产儿，个人主义的末路鬼”。

《骆驼祥子》插画，顾炳鑫绘。

《骆驼祥子》形象地反映了祥子的人生理想同他所处的社会环境的尖锐矛盾，真实地反映了那个社会的混乱、黑暗、腐朽以及劳动人民命运的悲惨。作品详细描写了祥子的自私、狭隘、过高地估计个人力量等小生产者的特点，他的个人奋斗的失败，说明了在当时的社会制度下，劳动人民想“独自混好”是根本不可能的。作品描写了那个军阀混战的年代给人民带来的无穷的痛苦与灾难，展示了处于社会底层的劳动人民极度贫苦的生活状态。在老舍的笔下，生活在北平大杂院里的劳动者过着非人的苦日子，穷困改变了他们的性格，打孩子、骂老婆，有的甚至逼迫女儿去卖淫，有的由于受不了屈辱的生活而自杀……这一切都是下层人民痛苦生活的真实反映，体现了老舍对于社会平民命运的关注。

《四世同堂》是老舍规模最大的长篇巨构，共 80 万字，分《惶惑》《偷生》《饥荒》三部。

电视剧《四世同堂》剧照

作品选取北平西城一条普普通通的小羊圈胡同作为这座“亡城”的缩影，以旧式商人祁天佑一家四代的境遇为中心，展开了广阔的历史画面与错综的故事情节。它没有正面描写轰轰烈烈的抗日战争，而是较深刻地剖析了民族灾难的根源，表现了抗日战争期间沦陷区人民的苦难经历，以及他们在苟安的幻想破灭后逐渐觉醒，意识到只有坚持抗战才有出路的过程。他们坚贞不屈，艰苦斗争，并且付出了沉重的代价，最终迎来了胜利。小说写出了日本侵略者的残暴，各色汉奸的卑污，也写出了知识分子的善良、懦弱和苦闷，以及一些下层市民的坚强不屈。《四世同堂》以北平广大市民的亡国之痛为题材，弥补了抗战文艺反映市民生活的不足，是老舍创作历程中一块高耸的界碑。

翻译成外文的老舍作品

除了《骆驼祥子》和《四世同堂》，创作于1957年的话剧《茶馆》也是老舍最具影响的作品之一。《茶馆》选取了北京的老字号"裕泰茶馆"为具体场景，将三教九流各色人物会聚一堂，从1898年"戊戌变法"失败，到民国初年的军阀混战，再到抗日战争胜利及解放战争前夕的国民党黑暗统治，以三个时间横断面，反映了中国社会50年间的历史变迁和丰富复杂的人情世态。《茶馆》是老舍"京味"话剧的代表作，全剧散发着浓郁的"京味"文化气息。它已经成为中国现当代话剧史上公认的艺术珍品，被称赞为"东方舞台上的奇迹"。

从《骆驼祥子》到《四世同堂》再到《茶馆》，老舍的目光始终聚焦市民社会，平民世界是他创作的主要内容和基本画面。老北京底层民众在老舍的笔下，组成了千姿百态而又个性鲜明的人物画廊。老舍作品具有浓郁的北京地方色彩，地道的北京方言土语，纯正的北京风俗民情，这使他的创作显示出特有的民族风格，因而在中国文坛产生了重要影响。老舍始终关注着国民性的改造问题，但他的作品又具有一种厚道、淳朴的人道主义意味，充满对底层民众的理解和同情。他的作品具有比较鲜明的幽默讽刺色彩，但又不失温婉与柔情。老舍善于写故事，他的作品总是情节连贯、生动，故事性很强，这一点又使老舍作品具有非常通俗的特色，老舍也因此成为最受读者喜爱的现代作家之一。

沈从文的湘西世界

沈从文（1902—1988），原名沈岳焕，生于湖南凤凰县。青少年时代，他走遍湘黔川边界，了解苗、汉、土家各族的社会生活与民风民俗，这成为他日后从事文学创作的生活基础，形成他独特的“乡下人”的观察视角。讴歌与表现人性，是沈从文在创作中一以贯之的审美理想。他把自己熟悉的“湘西世界”理想化，讴歌其自然淳朴的民风，表现其和谐古朴的人性美，以对抗丑恶的社会现实。

沈从文

写于1934年的《边城》是沈从文的代表作，它描绘了一个瑰丽而温馨的“边城”世界，一个充满爱与美的天国。在边城里发生的是一个爱情悲剧。船总顺顺的大儿子天保与二儿子傩送，同时爱上了老船夫的外孙女翠翠，而翠翠喜欢的则是傩送。老船夫一心想让翠翠“自主”得到幸福，但还未弄清她到底爱谁，便在糊里糊涂中促成了天保托媒前来求婚。天保求婚未成，失望之下驾船外出，意外地溺水而死。老船夫在天保死后，摸清翠翠心事，又撮合她与傩送的婚事，在碰壁之后他郁郁猝死于暴风雨之夜。顺顺在大儿子死后，一时未答应傩送娶翠翠的要求，傩送与父亲发生争吵而远走他乡。这种种的“不巧”，使翠翠与傩送的爱情终成“善”的悲剧。

故事中的所有人物，都是一群平常的、善良的人。作者所表现的似乎是一个“谁也没有错”的悲剧，有意识在人性层面上叙述故事，无意发掘悲剧产生的人为的、社会的、道德的因素。作品围绕着故事的展开、发展与结局，描述、表现了每个人的“优美，自然，又不悖乎人性的人生形式”。

《边城》描写了两个感人至深的形象，就是翠翠和她的外祖父老船夫。

翠翠是作者倾注“爱”与“美”理想的艺术形象。翠翠从小与外祖父相依为命，她身上的“美”，是通过她的爱情故事逐步表现出来的。她的“爱”，单纯、自然、真挚，一切符合一个情窦初开的少女

凤凰古城。这里是沈从文的出生地，也为他的小说创作提供了灵感源泉。

黄永玉为《边城》创作的木刻画

的天性，既不轻浮又不撒野，表现出对爱情的自觉、自矜与自尊。她在爱上傩送之后，没想到傩送的哥哥天保也爱上她。出于对爱情的忠贞专一，她拒绝了天保，但由此翠翠与傩送的爱情受到严重挫折。天保遇难、傩送远走他乡、外祖父溘然长逝，这使她在一夜之间“长成大人”。她痛苦悲伤，但没有倒下。她谢绝船总让她住进他家的好意，像爷爷那样守住摆渡，等待傩送的归来，怀着希望与坎坷的命运作持久的抗争。在沈从文的笔下，“边城”的风光山水与翠翠融为一体，“天人合一”。她是爱情的女儿，是大自然的女儿，同时又是美的精灵与化身。

老船夫则是“善”的化身。他五十年如一日，为来往过客摆渡，把这看成是自己的天职，任劳任怨。他质朴憨厚，侠义心肠，不仅拒收过客的钱财，而且慷慨大方、善待乡亲，因此颇受众乡亲的尊重。在抚养孤雏长大之后，他最大的心愿是让翠翠得到自由幸福的爱情。为此他遵循苗族婚恋习俗，让翠翠自己做主婚事，谁能够为她唱“三年六个月的歌”使她动心，就当她的夫婿。他自觉已经垂老，于是迫切地为此事操心操劳，以致郁闷忧愁而猝然离世。作者对老船夫的刻画，着力表现出一位平凡老人充满人情美、伦理美的宽广胸襟。

《边城》在艺术表现方面也具有鲜明、独特的个性。作者擅长将人物的语言、行动描写与心理描写结合起来，以揭示人物的个性特征和丰富的内心世界。尤其对翠翠的描写，作者静观默察、敏感揣摩少女在青春发育期的各种情态，通过粗线条的外部刻画与细腻入微的心理描写，从而把翠翠羞涩、娴静、温柔的个性惟妙惟肖地突现出来。小说结构自然流畅如行云流水。全篇围绕翠翠的爱情故事这一中心逐步展开，使情节集中、单纯，同时又将情节的单纯性与复杂性完善地结合起来。作者还特意在故事的发展中穿插了对歌、提亲、陪嫁、丧葬等苗族风俗的描写，使《边城》具有了独异的乡土文学色彩。此外，《边城》还具有浓郁的牧歌情调，作品的结尾写了翠翠对生活的期待："这个人也许永远不回来了，也许'明天'回来！"作者不忍心让翠翠彻底绝望，而让她带着希望接受爱情的考验与磨难，等待恋人的归来。这也给读者留下希望、期待与遐想，使结尾更有余味袅袅的牧歌情韵。

沈从文小说对完美人性的追求在中国现代文学史上的价值主要体现在两个方面：一是这种追求的执着性，对完美人性的追求既是沈从文的审美理想，也是他的人生理想；二是这种追求的独特性，它把完美的人性与完美的社会和完美的大自然融会贯通起来，构成了特有的"湘西世界"。

根据沈从文同名小说改编的电影《边城》剧照

张爱玲的人生传奇

张爱玲

张爱玲（1921—1995），河北丰润人，出生于上海，在20世纪40年代沦陷时期的上海脱颖而出，几乎一夜之间就名满天下。1943年起，小说《沉香屑》《茉莉香片》《倾城之恋》《金锁记》等佳作一部接着一部面世，此后结集出版了她的代表作小说集《传奇》和散文集《流言》。

《传奇》集中显示了张爱玲文学创作的独特艺术风格：注意汲取中国传统小说的艺术营养，同时注重借鉴西方现代文学的思想方法和艺术技巧。《传奇》以传统章回小说为总体格局，又明显接受了弗洛伊德心理分析学说的熏陶，还将日本新感觉派小说的某些技巧融进对人物心理感受的描摹中。张爱玲将高雅文学与通俗文学的优长汇于一身，将小说推向大雅大俗的境界，形成了独特的文学魅力。

张爱玲最擅长叙说“家史性”的故事，公认的代表作有《沉香屑：第一炉香》《金锁记》《倾城之恋》等。《金锁记》通过主人公曹七巧被金钱毁灭，同时又用金钱毁灭他人的双重悲剧，深刻揭示了金钱与人生独特而神奇的关系，写出了金钱对人性的巨大摧残和人性在被金钱腐蚀之后的深刻异化。小说着重描写了主人公曹七巧一生的命运波折以及心理变态过程。七巧本是麻油店老板的女儿，泼辣而富风情，被贪婪的兄嫂嫁到大户人家后，因为出身低微而备受歧视与排挤。自幼瘫痪的丈夫更使七巧陷入情爱无法满足的痛苦之中，纵然她在丈夫死后分得一份遗产，但是长期以来的种种压抑、煎熬与旧式大家庭气息的熏染，已使她的人性彻底扭曲，一生被黄金枷锁紧紧套住，只知一味敛财，了无亲情，甚至戕害儿媳，断送女儿的婚姻，向自己的亲人不断寻求病态的发泄与报复，在疯狂的复仇过程中变得自私冷酷、乖戾刻毒。作品有层次地展现了七巧的人性被践踏、受残害、最终灭绝的过程，她有过娇好的青春容颜、美好的爱情憧憬、正常的生活追求，但是为了金钱，她牺牲了这一切。小说的结尾写道，当她“摸索着腕上的翠玉镯子，徐徐将那镯子顺着骨瘦如柴的手臂往上推，一直推到腋下。她自己也不能相信她年青的时候有过滚圆的胳膊”，而“隔了三十年的辛苦路往回看，再好的月色也不免带点凄凉”。对小说人物充满苍凉色彩经历的描写，显示出作者对传统封建婚姻、伦理和金钱世界的刻骨痛恨和深刻批判。《金锁记》对曹七巧这个人物的描写，使人们感到的是惊悸后的震撼，以及憎恶后更深切的理解和同情。

《传奇》1944 年初版封面

《倾城之恋》是张爱玲小说创作中的又一名篇。作品讲述的是女主人公白流苏的悲剧命运，她出身于破落的望族，虽然在战争背景下，她与华侨富商范柳原的婚姻戏剧性地圆满实现，但是一生艰难的境遇包括这偶然完成的婚姻，都使白流苏内心充溢着悲怆苍凉之感。而更直接表现人生“苍凉”底色的是《倾城之恋》中的“灰墙”：“灰砖砌的那一面墙，一定还屹然站在那里。风停了下来，像三条灰色的龙，蟠在墙头，月光中闪着银鳞。”整部小说共三次提到这堵墙，它预示着生命的“灰色”基调。在张爱玲笔下，现代都市的繁华轰然倾倒，剩下的只是这堵永恒的“灰墙”。她运用了大量“灰”色语言表达此意，于是红尘浮华的表象冰释殆尽，一切“灰黯”赤裸

由张爱玲同名小说改编的
电视剧《倾城之恋》剧照

裸地暴露在大庭广众之下。在《倾城之恋》中张爱玲还注意运用色彩来表现人物和氛围，而且强调非彩色与彩色在颜色上的呼应，从而恰如其分地表现人物命运的起伏跌宕。如在刻画白流苏的心理描写时就非常精到地体现了这一艺术特点：她擦亮火柴的一刹，“火红的小小三角旗，在它自己的风中摇摆着，移，移到她手指边，她噗的一声吹灭了它，只剩下一截红艳的小旗杆，旗杆也枯萎了，垂下灰白蜷曲的鬼影子。”一根小小的火柴在主人公的视野中逐渐放大为画面的焦点影像，从火红到灰白，最后成为影子，表现了流苏被家人鄙视后的尴尬心态，既不愿屈服又看不到希望。这段描写也是白流苏一生命运的预言，她经历了“火红”热闹的恋爱之后，终于达到了结婚的目的，这是她一生最得意的“红艳艳”的燃烧期，如同点燃的火柴。可是她最终并没有得到真正意义上的爱情，战争过去了，丈夫又恢复了以前的性情，他那些俏皮话只属于别的女人。所以婚后的流苏“还是有点怅惘”，成了婚姻“灰白”的鬼影，仿佛那燃尽的火柴，剩下的只是枯萎的躯干。在张爱玲作品中，灰色是始终贯穿的底色，红色如果出现，也不过是中途的小小点缀，过去了再也追不回，而回忆曾经的“红色”只会更添惆怅，因为最绚烂时也就是最悲凉的一刻。

虽然写的是变幻不定的传奇，但生活在动荡时代的张爱玲真正心向往之的是常态社会中比较安稳的东西。所以传奇色彩的故事实际上依然透露出普通人的平凡生活底色，正如《传奇》扉页上的题词所写：“署名叫传奇，目的是在传奇里面寻找普通人，在普通人里寻找传奇。”

輕輕的我走了
正如我輕輕的来
我揮一揮衣袖
不带走一片雲彩
——徐志摩《再别康橋》詩句

现代诗歌：寻找自己的声音

“五四”前后，胡适的《尝试集》、郭沫若的《女神》以及刘半农、沈尹默、刘大白等人，以白话新诗动摇了千百年来旧体格律诗的正宗地位，开创了自由体白话新诗的一代诗风。闻一多、徐志摩为代表的新月诗派，把新诗与格律结合起来，把起步不久的白话新诗推向前进。20 世纪 30 年代前后李金发代表的象征诗派和戴望舒代表的现代诗派，积极融合中国与外国诗歌的表现手法，进一步打开了现代新诗的发展空间。艾青承前启后，在汇集各方特长、强化新诗的自由舒展方面作出了重要贡献。穆旦及“九叶”诗人则开启了中国现代派诗歌新的路径。解放区的诗歌如《王贵与李香香》等，在民族化大众化方面作出了积极的努力。十七年（1949—1966）的诗歌与时代和现实紧密联系，李季、闻捷、郭小川、贺敬之等一批诗人，以叙事诗、抒情诗、自由诗、格律诗、自然风景诗、历史神话诗、爱情诗、政治讽刺诗等多种形式，反映新的时代和新的生活。

郭沫若：破坏与创造

郭沫若（1892—1978），四川乐山人，幼时入私塾，1914 年赴东京学医，却在不久后沉迷于文学。1921 年，郭沫若与郁达夫、成仿吾、张资平等留日学生发起成立了创造社，同年出版了诗集《女神》。1937 年抗战爆发，他回国积极投身抗日救亡运动。同时，他还以自己的文学创作为时代社会敲响警钟，为民族命运提出深切的思考。他以《屈原》为代表的历史剧引起了巨大的反响。"诗剧合一"是郭沫若整个创作的重要特色。他的文学理论和创作实践都贯穿着特有的诗人气质，表现出浓郁的浪漫特征、神奇的联想和想象力、富有激情的创新精神和创造才华。

1926 年创作社成员合影，图中左起为王独清、郭沫若、郁达夫、成仿吾。

《女神》是郭沫若的第一部白话新诗集，也是中国现代文学史上第一部具有突出成就和巨大影响的新诗集。尽管在《女神》出版以前已经有一些新诗集出现，但《女神》却真正以崭新的内容和形式，为中国现代诗歌开拓了全新的天地。《女神》的问世，使人们在中国诗歌、中国诗人身上第一次真正看到了一种崭新的时代意识，“一种伟大的反抗的力”，一种“二十世纪的力的表现”。《女神》那遒劲壮丽的诗风，宏大浓深的意境，不受技巧约束的一腔纯情，强烈地感染了当时的读者。可以说，《女神》的出版结束了一个旧的诗歌的时代，同时也开辟了一个新的诗歌的时代。

《女神》中的诗大部分写于诗人留学日本期间。《女神》鲜明地传达出“五四”时期破旧立新、狂飙突进的精神，而奔腾的想象、急骤的旋律、宏伟的气势、瑰丽的色彩、自由的诗体形式等则构成了它的浪漫主义特色。“五四”时代精神赋予了诗人激越的情调，《凤凰涅槃》《天狗》《晨安》《炉中煤》《女神之再生》等代表诗作，从时代的制高点上，对古老民族在“五四”高潮中的伟大觉醒作出了色彩鲜明的象征性反映，它燃烧着对一切旧秩序、旧传统、旧礼教的大胆否定和无情诅咒，海啸般地呼喊着创造与光明、民主与进步，因而激励和鼓舞了整整一代人。

气势雄浑豪迈的白话自由诗体，是《女神》最具特色、最能激动人心的创造，它们真正为“五四”后的自由诗开拓了新的天地。这些诗篇的出现，一方面是诗人自己博大襟怀和丰富想象力的表现，另一方面，也是“五四”运动涛奔浪涌似的时代精神的产物。郭沫若的自由诗突破了传统诗歌的束缚，它没有固定的格律和形式，甚至连脚韵也不押，但是诗的内在的旋律与诗人感情的节拍是和谐一致的。在很多地方，诗人用重叠反复的诗行表现层出不穷的想象和情思，给予读者强烈的内心激动，使他们跟着他一起愤怒，一起高呼，一起反抗。就像他在《序诗》里所期望的那样，《女神》对“五四”时期的青年而言，就是“把他们的心弦拨动，把他们的智光点燃”了。

《女神》独有的气势是当时任何一位新诗人都无法相比的。那一气贯下、摇撼山岳的27个“晨安”，喊出了诗人的情感，喊出了读者的共鸣，喊出了时代的回音——更重要的是喊出了一个创造者的果敢与气派！至于那条敢于吞下宇宙、吞下一切的“天狗”，人们通常会因此称道诗人非凡的想象和夸张，但其实，更重要的并不是想象和夸张本身，而是诗人敢于这样想象和夸张的胆魄。这种胆魄使郭沫若的创作总是能够站在时代历史的高处，能从大处着眼，直接与时代历史对话，与人类社会对话，与大自然对话，与整个宇宙对话。因此郭沫若的诗篇有一种统摄一切的开阔视野，有一种主宰一切的至高无上的威力。

在诗歌形式上，郭沫若主张“绝对自由”。他说：“我要打破一切诗的形式来写自己够味的东西”。《凤凰涅槃》正是他这一主张的体现。全诗采用诗剧的形式，诗的气氛随着故事和谐发展，节奏明快而悠扬，句法多变而活泼，不拘一格，随心所欲，富有很强的音乐性和舞蹈性。

郭沫若历史剧《虎符》剧照

郭沫若“诗剧合一”的另一个辉煌体现，就是他的历史剧创作。《屈原》写于1942年，通过屈原的悲剧，表现了反对分裂投降、主张团结御侮、诅咒黑暗、歌颂光明这一具有现实意义的重大主题，唱出了中华民族不畏强暴、争取解放的心声。以《屈原》为代表的郭沫若的历史剧，形成了独特鲜明的艺术风格和魅力。在选材和剪裁方面，充分显示了历史与现实的关联，把握住了历史与创造的契机。《屈原》所取材的战国时代合纵抗秦的历史故事，与20世纪40年代初期中国抗日战争的特定形势有着极为相似的精神内涵；而主人公屈原的性格和气质，也正是当时中华民族迫切需要发扬光大的。在历史人物的重塑方面，郭沫若立足于刻画人物性格，并以人物命运来构造戏剧冲突，通过人物强烈的自我表现来揭示主题，带动全剧，这就打破了现代话剧以剧情发展为主要线索的基本格局。郭沫若创造性的发挥和解释，使得屈原等一系列历史人物形象具有了更加崇高伟大的现实意义和深沉悲壮的历史感。此外，郭沫若的历史剧中往往穿插着大量的民歌和抒情诗，有的根据剧情的发展反复出现，有的则直接由主人公反复吟诵，如《屈原》中的《橘颂》和《雷电颂》，《棠棣之花》中的北行诗，《南冠草》中的《大哀赋》，《虎符》中的赞颂歌等等，这些抒情的诗和歌不仅渲染了氛围，突出了人物性格，强化了剧本主题，而且其本身已经融为整个剧本的一个不可分割的有机组成部分。郭沫若还善于在史剧中运用富有韵味的长篇独白，以充分提示人物丰满复杂的内心世界，而剧中人物的对白以及作者的叙述语言也充满了音乐的节奏和诗的激情，这种诗化的语言显示了郭沫若独有的诗剧合一的特色。

徐志摩：新月的诗情

“新月诗社”1923 年由徐志摩等人在北京发起成立，初期主要成员包括胡适、陈源、凌叔华、林徽因等作家、教授以及各界知名人士。至 1926 年 4 月，闻一多、徐志摩在北京《晨报副刊》上创办《诗镌》，开始明确提出了现代新格律诗的理论主张，并集结了一批诗人，积极尝试新格律诗的创作。以《诗镌》的创办为标志，新格律诗派即为前期“新月诗派”。1928 年以后，徐志摩与胡适等在上海创办“新月”书店，与梁实秋等创办《新月》刊物，在“新月”的旗帜下集结了一批年轻诗人，继续积极从事新诗的探索，是为后期“新月诗派”。而无论前期还是后期，徐志摩都是贯穿其中的代表人物，堪称“新月诗派”的灵魂。

1924 年印度诗人泰戈尔访华期间，徐志摩、林徽因与泰戈尔合影。

“新月诗派”系统地阐述了新诗格律化的理论，强调新诗最主要的审美特征应该是“和谐”与“均齐”，这突出体现在闻一多提出的诗歌“三美”（即“建筑的美、音乐的美、绘画的美”）主张上。新格律诗派的“新”，破除了文言和旧韵以及旧体格律诗的种种规范，着重强调诗歌内在的音节和韵律，既继承了古典诗词的精髓而又有所创新，这尤以徐志摩的诗作为代表；“新月诗派”还崇尚自然，注重“性灵”，积极探索诗体的形式，翻译和移植了大量的外国诗体形式，为中国现代新诗的发展注入了新的情感活力和表现能力。

徐志摩（1897—1931），浙江海宁人，先后在上海沪江大学、天津北洋大学及北京大学学习。1918 年赴美留学，1920 年转赴英国剑桥大学留学，专攻政治经济学，但他对近代英国唯美派诗歌更感兴趣，同时开始诗歌创作。1922 年回国，在大学任教的同时，继续从事诗歌创作。1931 年 11 月，因飞机失事身亡。徐志摩的主要作品有《志摩的诗》（1925 年）、《翡冷翠的一夜》（1927 年）、《猛虎集》（1931 年）和《云游》（1932 年）等诗集，此外还有集外诗作和译诗近百首。

作为新月派的代表诗人，徐志摩力求在格律上有所建树。他认为新诗应当创造完美的格律。在诗歌

1928 年 3 月出版的《新月》杂志第一卷第一号，由徐志摩、罗隆基、胡适、梁实秋等任编辑。

创作实践中，他创造了多种多样的诗的体裁和格调。在他的第一本诗集《志摩的诗》中，诗行与诗节的关系就有种种不同的处理方式。从三行一节到八行一节的，再到十行一节的，以及不分节的都有。他运用各种格式创作新诗，为新诗坛吹进了一股新风。他在用韵上多采用西洋诗押韵的方法，如《先生！先生！》用随韵（AABB），《为要寻找一个明星》用抱韵（ABBA），《他怕他说出口》用交韵（ABAB），使诗韵在和谐中显出变化。

徐志摩注重诗的整体美。他将一首诗看做一个有机整体，讲究部分与部分之间的关联，部分对全体的有比例，这是徐志摩在诗的完美的形体这一总的审美原则指导下的一个具体诗歌美学观点。为了使诗臻于整体美的境界，他常常用对称和叠句。如《再别康桥》，康桥周围有名的景物很多，但诗人却着力描写康河。每一节的开头或者最后采用重复手法，每节四行，隔行押韵，音律和谐，富于音乐美。在开头的短短四行中，三次反复“轻轻的”，造成缠绵中不乏轻快的韵律，使整首诗沉浸在一种回环往复的节奏美和音韵美之中。

徐志摩的创作对新诗的最大影响在于他诗歌的音乐性。他是新月派提倡“音乐美”的最好的实践者。他认为正如每个人身体的秘密是血脉的流通，一首诗的秘密也就是它的内含的音节的匀整与流动。因此，徐志摩精心组织着每一首诗的音韵和格律。《雪花的快乐》中写道：“假如我是一朵雪花 / 翩翩地在半空里潇洒 / 我一定认清我的方向—— / 飞扬，飞扬，飞扬，—— / 这地面上有我的方向！”诗句一行三顿，每顿二至四字，形成了比较舒缓的节奏。“花、洒”的韵脚开放而柔和，与雪花的翩翩潇洒的神韵相适应。从第三句开始转调，换韵，使用了“向”“扬”更为响亮、上扬的韵脚。整首诗韵脚和谐，柔美流畅，自有一股天籁之美。在《云游》《再别康桥》《我来扬子江边买一把莲蓬》等诗里，那种乐感韵随情生，情伴韵转，达到“心灵的音乐”与“修辞的音乐”的融合。

此外，徐志摩的诗灵动飞扬，洒脱妩媚，极具个性。如脍炙人口的《莎扬娜拉》，虽只有短短五行，却将“日本女郎”与朋友道别时的神态、情绪、心理活动都栩栩如生地表现出来，轻盈、柔和、恬淡，忧伤中有期盼，整首诗飘荡着一种复杂的情感，堪称新月之绝唱。

胡适曾这样概括徐志摩：“他的人生观真是一种单纯信仰，这里面只有三个大字：一个是爱，一个是自由，一个是美。”而朱自清称赞徐志摩的诗，“是跳着溅着不舍昼夜的一道生命水”。如果说，郭沫若让人们看到新诗是可以这样写的，那么，徐志摩则让人看到新诗是可以写得这样好的。

艾青：根植土地的诗人

艾青

在中国现代新诗的发展进程中，艾青是一位承前启后的诗人，他充分吸取了五四以来白话新诗的鲜活与自由，又独创了内在谨严和谐的散文美构架，对推动现代新诗的不断发展作出了积极的贡献。

艾青（1910—1996），浙江金华人，出生在一个地主家庭，却吃着贫穷农妇的乳汁长大。这种特殊的生活经历对艾青人格的形成和日后的诗歌创作都产生了深刻而重大的影响。艾青从少年起便喜爱美术，先在杭州国立西湖艺术院学习绘画，后赴法国勤工俭学。在巴黎，法国及欧洲的印象派绘画，尤其是后期印象派大家梵高等人的作品注重色彩的强烈表现和主观感受的创造性抒发，不仅影响了艾青的绘画，而且影响了他日后的诗歌创作。留法期间，艾青广泛阅读了大量西方诗人的诗作，其中凡尔哈伦是对艾青影响最大的诗人之一。

1932 年初，艾青回国，因在上海参加左翼美术家联盟和进步活动被捕入狱。艾青在狱中开始了诗歌写作。出狱后，他自费出版了第一本诗集《大堰河》，其中收入的《大堰河——我的褓姆》是艾青最有影响的成名作与代表作。这是一首带有自传色彩的抒情诗，它以诗人儿时的褓姆大堰河为主人公，以无限的同情和深沉的爱，歌颂了大堰河勤劳、宽容、朴实、善良的优秀品格，描述了她贫穷屈辱的生活境况，对罪恶的旧世界发出了强烈的诅咒。大堰河是新诗中描绘中国农村妇女的可贵的艺术典型，她的命运是当时中国广大农村受压迫妇女共同的悲剧命运。艾青把大堰河的命运同千万大堰河般的人的命运联系到了一起："呈给大地上一切的 / 我的大堰河般的褓姆和她们的儿子。"

《大堰河——我的褓姆》是无韵自由体诗，纯用口语，以情动人，坦率、真诚，不刻意安排韵脚。但艾青注意运用排比、复沓的修辞，形成了一种感情变化的节奏，使诗歌具有强烈的旋律与节奏感，收到一种回肠荡气、一唱三叹的艺术效果。

抗日战争爆发前后，艾青用诗作积极投身民族救亡运动，短短几年中创作了近百首诗歌。大约是受梵高影响的缘故，艾青诗作中以太阳为讴歌对象的很多，最具代表性的《太阳》一诗，表现了诗人对于民族即将复苏、人类幸福理想必将实现的确信。《太阳》以极大的热情、坚定的信心、豪迈的气概，赋予太阳以排山倒海、雷霆万钧、轰然而至的气势，真实表达了中华民族伟大复兴的"时代之声"。

但是，艾青并不是盲目乐观的诗人，他的欢乐、坚定，是与悲愤、忧郁并存的。在抗战炮火中，他辗转于大部分国土，接触了残酷的战争现实，目睹了炮火下劳动人民家破人亡、流离失所的惨景，感受到民族存亡的危机。这一时期写的《补衣妇》《乞丐》《手推车》等作品，大都笼罩着较浓重的忧郁色彩。

艾青自觉追求诗歌的散文化，特别强调新诗的"散文美"，反对那些华丽的词语和句式，认为应该用散文化的语言捕捉生活中真实的诗。艾青的诗歌还具有很强的意象感，这得益于他深厚的美术素养。他善于用色泽、光彩的渲染以至构图、线条的安排来增加意象的鲜明性。他笔下的意象，写的虽是实在的生活，但手法上常常运用新鲜的比喻、丰富的想象。《手推车》便是艾青诗作将景、情、光、色、图乃至音响统一得较完美的一个例子：

在黄河流过的地域
在无数的枯干了的河底
手推车 以唯一的轮子
发出使阴暗的天穹痉挛的尖音
穿过寒冷与静寂

从这一个山脚　到那一个山脚
彻响着　北国人民的悲哀
在冰雪凝冻的日子
在贫穷的小村与小村之间
手推车　以单独的轮子
刻划在灰黄土层上的深深的辙迹
穿过广阔与荒漠
从这一条路　到那一条路
交织着　北国人民的悲哀

艾青的诗歌永远离不开土地。土地就像信仰一样，撑起了他全部诗歌。所以艾青被人们誉为“土地诗人”。写于1938年的《我爱这土地》，真切体现了诗人对祖国大地深厚而热烈的情感：

假如我是一只鸟，
我也应该用嘶哑的喉咙歌唱：
这被暴风雨所打击着的土地，
这永远汹涌着我们的悲愤的河流，
这无止息地吹刮着的激怒的风，
和那来自林间的无比温柔的黎明……
——然后我死了，
连羽毛也腐烂在土地里面。
为什么我的眼里常含泪水？
因为我对这土地爱得深沉……

艾青对现代新诗的推进体现在两个方面：一是在诗歌的情感蕴涵上，艾青的诗作既始终关注着本民族的前途和命运，同时又把眼光延伸到整个人类的前途和命运，显示了诗人博大的胸襟。二是在诗歌的艺术形式上，艾青的诗作既充分吸取了世界诗歌的多种素养，同时又始终把艺术表现的根深深地扎在自己民族的土壤之中，他用“从欧罗巴采回的芦笛”，吹奏着具有浓郁民族丰采的乐曲。

穆旦：丰富与丰富的痛苦

穆旦

穆旦（1918—1977），浙江海宁人，既是诗人，又是中国一流的翻译家。1935年进入清华大学外文系，抗日战争爆发后流亡至南方，在由北京大学、清华大学、南开大学三校组成的西南联合大学读书。在西南联大，穆旦全面接受了西方现代主义诗歌的洗礼，热心于译介艾略特、里尔克、奥登等西方现代派诗人的作品，积极探讨新诗的发展和诗歌理论。

穆旦在20世纪40年代出版的《探险队》《穆旦诗集》《旗》三部诗集，成为当时中国诗坛的重要收获。穆旦这一时期的作品深沉、凝重，在感性与智性交融的追求中，表现出一种对传统和秩序的强烈怀疑和叛逆精神。他急步跨进时代的漩涡，展示了灵与肉的冲突、搏斗，鲜明表现出与传统诗歌的质的差异。在《被围者》中，他充分表现了对传统的叛逆精神："一个圆，多少年的人工 / 我们的绝望将使它完整 / 毁坏它，朋友！让我们自己 / 就是它的残缺，比平庸要坏 / 闪电和雨，新的气温和希望 / 才会来灌注，推倒一切的尊敬！ / 因为我们已是被围的一群 / 我们翻转，才有新的土地觉醒"。在他看来，以"圆"为圭臬的传统不过是由"我们的绝望"完成的"平庸"，而尽管残缺意味着破坏、危险甚至牺牲，但它会带来新生的希望。这种“突围”意识不仅仅是一种艺术思维，更是一种现代人生态度和现实精神，与诗人的诗学精神、人生经验等一系列变化是联在一起的。

暴力是穆旦诗歌的核心，在他的诗里充满了一种暴力的二元对立：理性与欲望、神与魔、痛苦与希望、流亡与归宿……“从强制的集体的愚蠢 / 到文明的精密的计算 / 从我们生命价值的推翻 / 到建立和再建立 / 最得信任的仍是你的铁掌 // 从我们今日的梦魇 / 到明日的难产的天堂 / 从婴儿的第一声啼哭 / 直到他的不甘心的死亡 / 一切遗传你的形象”（《暴力》）。但是对于穆旦来说，暴力不仅仅是对人性的摧残，更是对人性的考验。因此，他自动弃绝传统诗学中温情绵绵的部分，而以严肃的思考来体验人与人、人与社会之间冷酷的现实，以他的理性之光来透视人性，揭示人存在的荒诞感和绝望感，由一种具体的现实生活的磨难升华为一种抽象的哲学思想。他在自我分析中感到一种生命的焦灼：“我”“从子宫割裂，失去了温暖 / 是残缺的部分渴望着救援 / 永远是自己，锁在荒野里 / 从静止的梦离开了群体 / 痛感到时流，没有什么抓住 / 不断的回忆带不回自己”（《我》）。“我”隔绝于时间和空间，没法融入历史的整体和群体之中，再也没有什么能够抓住和把握，失去和谐的整体性，成为一个“残缺”的“我”。这里的“我”也不是穆旦一己的小我，而是已上升为属于人类的普遍的个体存在。在《春》中，穆旦表现了如“绿色的火焰在草上摇曳”的炽烈的青春欲望，而这种拥抱春天的生命欲望却被卷曲封闭，无处归依：“蓝天下，为永远的谜迷惑着的 / 是我们二十岁的紧闭的肉体 / 一如那泥土做成的鸟的歌 / 你们被点燃，卷曲又卷曲，却无处归依 / 呵，光，影，声，色，都已经赤裸 / 痛苦着，等待伸入新的组合。” 这种生命欲望的压迫在穆旦诗中表现为既来自“历史的矛盾”，也来自个体理性的无形扼制。

但是穆旦的思考并不通向颓废和绝望，在他诗中透露出一种骚动不安的生命意识和灵魂搏斗中的倔强精神：“活下去，在这片危险的土地上 / 活在成群死亡的降临中 / 当所有的幻象已变狰狞，所有的力量已经 / 如同暴露的大海 / 凶残摧毁凶残 / 如同你和我都渐渐强壮却又死去 / 那永恒的人”（《活下去》）。生命的意义在“希望，幻灭，希望，再活下去”的生命的抗争中。

穆旦的诗深深植根于所生存的时代之中。他一方面受到现实的巨大压迫，一方面又凭着一个正直的知识分子的良心和社会使命感勇敢地介入现实并投入到它的怀抱里。在《赞美》一诗中他发出激动的呼喊：

我要以荒凉的沙漠，坎坷的小路，骡子车，
我要以槽子船，漫山的野花，阴雨的天气，
我要以一切拥抱你，你，
我到处看见的人民呵，
在耻辱里生活的人民，佝偻的人民，
我要以带血的手和你们一一拥抱。
因为一个民族已经起来。

1942年，穆旦胸怀一腔报国热情，参加了中国远征军，出征缅甸抗日战场，在震惊中外的野人山战役中历尽艰险。他写了《森林之魅——祭胡康河上的白骨》，以悼念在这场战役中死去的战友，其中饱含了诗人对于历尽战乱、纷争的20世纪人类处境与出路的哲学思考，是中国现代诗歌史上直面战争与死亡、歌颂生命与永恒的代表作。而《隐现》，无论是从诗歌的内涵上，还是从诗歌的形式上，都算得上穆旦史诗创作的巅峰之作。在《隐现》中，穆旦着力于从玄思的角度寻求并解答现代人处境困惑的问题。他看见了民族蒙难，人们濒临精神崩溃，将要迷失自我。这促使他从自己生活的具体的时代和地域出发，上升到更广阔的时空中，从更高层次上认识内在生命和外部事物，寻求如何才能使人们的精神获得一个新的充满希望的世界。他从自然、社会和人生等众多方面，艰难地探求着走向一个新世界的通道。《隐现》全篇感情深挚，结构宏大，句式深沉，雄浑辽远，气势滂沱。他的史诗性思考在某种意义上标志着中国现代诗人对这场深刻影响了整个人类的战争在形而上层面思索的深度，同时也标志着中国现代诗歌向现实与历史的纵深以及个体生命本质的拓展。

穆旦的诗作充满了人生丰富的体验，同时也蕴含着对丰富人生的痛苦的思索。

现代话剧：移植与发展

话剧是从外国移植到中国来的。早在 1906 年，由中国留日学生组成的春柳社就开始了对话剧这一新的文学体裁的探索。新文学初期，胡适、洪深、田汉、欧阳予倩等人探讨话剧理论，创作白话剧本，为话剧在中国的生长作出了积极的努力。但直到 20 世纪 30 年代初中期，曹禺《雷雨》《日出》的问世，才真正奠定了现代话剧的基础。此外，夏衍的《上海屋檐下》、田汉的《名优之死》等，共同繁荣了现代话剧创作园地。解放区的民族新歌剧《白毛女》，同样在西洋戏剧的本土化方面作出了可贵的尝试。1949 年新中国成立后，在话剧、歌剧、戏曲和传统剧改编等多方面作出了积极的努力，其中老舍的《茶馆》、田汉的《关汉卿》、郭沫若的《蔡文姬》、曹禺的《胆剑篇》等是代表性的作品，虽然存在一些明显的时代局限，但所取得的艺术成就依然很高。“文革”期间的《红灯记》《沙家浜》《智取威虎山》《林海雪原》等八个样板戏，尽管作品本身有可圈可点之处，但总体来说，文艺生产完全纳入政治体制之中，是一种畸形的“艺术”。进入 20 世纪 80 年代以来，一批剧作家勇敢探索，形成了话剧创作的多元化态势，如《魔方》《一个死者对生者的访问》等，借助蒙太奇、荒诞等手法，对人生哲理作多义的、深层次的探求。探索话剧打破了剧本结构的“三一律”束缚，追求自然流畅、开放多样的叙述结构，为中国话剧的发展作了有益的探索。世纪之交，《天下第一楼》《小井胡同》《左邻右舍》《王府井》等话剧创作继续关注社会发展和底层民众的命运，成为新的话剧经典。其中小剧场戏剧是值得关注的现象，孟京辉编导的《一个无政府主义者的死亡》《恋爱的犀牛》等作品，引领着话剧发展的新态势。

曹禺：为戏而生

曹禺

曹禺（1910—1996），原名万家宝，生于旧式官僚家庭，这使他亲眼看到许多“乱七八糟的人和事”。也由于家庭的关系，他自幼深受古今中外戏剧的影响，为日后的话剧创作奠定了基础。1922 年秋，曹禺考进新式学校南开中学，作为“南开新剧社”的成员，他先后参加过易卜生的《国民公敌》《娜拉》、莫里哀的《悭吝人》等剧的演出，这使他在童年时代培养起来的对文学和戏剧的兴趣，得到了一个较好的发展机会。1928 年，曹禺考入南开大学政治系，1930 年转入清华大学，专攻西洋文学。此间，他大量接触了希腊三大悲剧家和莎士比亚、莫里哀、易卜生、奥尼尔、契诃夫等人的剧作，系统的学习使曹禺的戏剧理论有了明显的提升。

1933 年，在清华大学念书时，曹禺完成了话剧处女作——《雷雨》，次年经巴金推荐，在《文学季刊》上发表。1935 年首次公演，受到观众热烈欢迎。至今《雷雨》仍是中国话剧历演不衰的经典剧目。随后曹禺又创作了《日出》（1936）、《原野》（1937）、《北京人》（1940），并于 1942 年把巴金的著名小说《家》改编为话剧。这些作品显示了曹禺在话剧艺术上的不断探索，标志着中国话剧创作的成熟，同时也奠定了曹禺本人在中国现代话剧史上的地位。

《雷雨》是曹禺的处女作，也是其一鸣惊人的成名作。作者时年23岁，这充分显示了其非凡出众的艺术才华。实际上，《雷雨》的创作从曹禺高中毕业起即开始构思，前后经过了五年的反复酝酿与修改，终于在大学毕业前夕完稿，向世人发出了那惊心动魂的“第一声呻吟，或许是一声呼喊”。

从《雷雨》的取材来看，它确实受到一些西方戏剧传统特别是美国作家尤金·奥尼尔的影响，主要描写了上层社会大家庭的乱伦关系以及由此而引发的一系列的人生悲剧。但作者在思想内涵的发掘和艺术表现的追求上，都远远超越了这个题材本身的范围。剧作不仅表现了由大家庭的毁灭所揭示的社会制度的不合理及其必然崩溃的趋向，更重要的是，剧本在展示家庭悲剧和社会悲剧的同时，还写出了一种更为复杂、更为深刻的命运的悲剧：即人对命运的抗争与命运对人的主宰这一对难以调和的巨大矛盾。用曹禺自己在《雷雨序》中的话说，就是始终怀有一种“对宇宙间许多神秘事物的不可言喻的憧憬”。

周朴园是整个剧作的主人公，这个人物的内涵和魅力在于其性格和命运充满了深刻的矛盾。周朴园早年留学德国，一定程度上接触到了资产阶级自由民主的社会思潮，正是在这种追求自由、个性和真诚爱情的思想影响下，他与家中年轻的女仆侍萍相爱了。但他终于又在封建传统意识和封建家庭观念的压力下屈服了，抛弃了侍萍和生下刚满三天的儿子，转而与富家名门小姐繁漪成婚。在这里，周朴园所抛弃的不仅仅是侍萍母子，实际上也是对他自己早先曾追求过的那点自由思想与真诚情感的否定，是对自己做人良心的否定。不过，他的这种选择也带有某些身不由己的因素，从最初的那场悲剧开始，周朴园就处于一种矛盾痛苦境地：他无情地毁灭了侍萍，制造出惨痛的悲剧，但他自己也是这场悲剧的承受者，出卖灵魂对其本人也一直是一种难以诉说的精神折磨。周朴园自此成为一个极其自私、冷酷和虚伪的人。虚伪的慈善家的面貌、冷酷的封建家长的威严、自私阴暗的内心世界，使周朴园性格异常复杂。尤其在对待侍萍的态度上，充分显露了他人性深处的矛盾和复杂情态：对于侍萍当年被迫而“死”，周朴园是深深负疚的；多少年来他一直记着侍萍的生日，按照侍萍“生前”喜欢的方式布置房子，这种甚至带有某种忏悔意味的情感并不是虚伪的。但这种真实的情感是以侍萍的“死”为前提的，因此当多年后侍萍竟又活着出现在他面前时，他那些自私、冷酷、虚伪的本性又都浮现出来，他怒斥侍萍的到来，试图用金钱来洗刷自己的罪恶，无情地再次撵走侍萍。应该看到，周朴园面对侍萍的出现，不仅直接感到一种对自己地位、名誉和利益的现实威胁，还潜在地感到一种冥冥之中命运的打击！这是更令他恐惧的。实际上，周朴园在毁灭整个家的过程中也毁灭了自己，在制造他人悲剧的同时也受到了命运的无情惩罚。

话剧《雷雨》剧照

这是《雷雨》深刻的地方。

蘩漪是《雷雨》中的又一个核心人物。从其命运看，她首先是个受害者。她曾经受到过新思想的影响，追求过独立的个性，渴望过美好的人生，充满了生命的热情，但命运却把她抛到了周家这口"残酷的井里"，渐渐被折磨成一个"石头样的人"。她不仅没有得到爱情，而且也从未得到过起码的人的自由和尊严。曹禺对她充满了理解和同情，赋予了她"最雷雨"的反抗性格。她恨周朴园的无情，恨命运的不公，在周公馆她孤立无援地抗争着，痛苦地燃烧着自己生命的火焰。她对周朴园封建专断压制人性的反抗，具有典型的时代意义。但她的性格和反抗也充满了矛盾和困惑。作为一只"困兽"，她不顾人伦地爱上了周萍，这"爱"是那样的畸形变态，但蘩漪却死死抓住它。她看不起周萍的自私、虚伪和怯懦，但这段"爱"已成为她生命中最有意义的事：这既是她自身存在价值的体现，是对周朴园的疯狂报复，也是对命运唯一有效的抗争。这种掺杂着极端个人主义和时代社会意义的反抗，使蘩漪的性格和命运显示出一种双重的精神悲剧，她的"爱"和恨把个人与社会、自尊与道德、自我与他人等诸多不同层次的矛盾交织在一起。她的孤寂和痛苦是周家潜在的炸药，她的存在使包括周朴园在内的、与周家相关的每一个人感到压抑和惊恐，她终成为点燃周家各条悲剧线索的"引爆人"。周朴园是毁灭了别人也埋葬了自己，蘩漪是燃烧自己也毁灭别人，所不同的是蘩漪的自我燃烧深含令人同情的因素，而她的毁灭别人也更具有惊世骇俗的精神震撼力。

曹禺剧作是非常富有中国民族特色的，他用外来的艺术形式成功地表现中国的社会生活、中国的人物命运，并巧妙地糅进了本民族的艺术表现方式；曹禺剧作又是非常善于吸取外国艺术素养的，他娴熟地运用了外国的戏剧理论和戏剧舞台的表演技巧，让中国的读者和观众对话剧的艺术形式耳目一新。曹禺在这两个方面的积极探索，真正奠定了中国现代话剧向成熟发展的基础。

田汉：戏如人生

田汉

田汉（1898—1968），湖南长沙人，年幼丧父，家境贫困。1912 年考入长沙师范学校公费学习，1916 年毕业后赴日求学，先学海军，后改学教育，但他酷爱文学戏剧。在日本学习期间，参加中国少年学会，开始发表文艺论文和独幕剧。作为创造社的发起人之一，田汉早期的浪漫主义文学主张是非常鲜明独特的。1922 年回国，积极从事戏剧活动，20 年代中期先后创立了“南国社”和“南国艺术学院”。抗日战争爆发后，积极组织抗敌演剧队和宣传队，为抗战文艺而奔波。建国后曾担任中国剧协主席、文联副主席等职。田汉创作、改编和翻译的话剧、戏曲和电影剧本等达数十部之多，他还写有大量的诗歌、散文和评论，他作词的《义勇军进行曲》是中华人民共和国的国歌。

田汉的创作大体以 1930 年为界，分为前后两个时期。早期剧本如《咖啡店之一夜》《获虎之夜》等，多以反对封建专制、要求婚姻自由为题材，反映了小资产阶级知识分子个性解放的愿望和要求。剧本带有唯美主义的倾向，流露了较为浓厚的伤感、忧郁情绪。自 1927 年田汉担任上海艺术大学校长起，至 1930 年“左联”成立止，是田汉思想的转变期与话剧创作的丰收期，代表作有《名优之死》《江村小景》《苏州夜话》《湖上的悲剧》《南归》等。其中一类为直接揭露现实黑暗的社会剧，一类为隐喻暗示的象征剧。《名优之死》等社会剧反映出田汉作为一个浪漫主义抒情诗人式的剧作家向着现实主义方向的逐步靠拢，体现了他用艺术暴露人生的黑暗面的创作意愿。《南归》等象征剧则表明田汉的浪漫主义情思与象征主义表现方法的有机结合，体现了他使生活艺术化，把人生美化、诗化的创作意愿。

1930 年春田汉参与左翼文艺运动，被推选为中国左翼戏剧家联盟主席。从这时起到 1937 年是他创作的成熟期。著有《梅雨》《一九三二年的月光曲》《乱钟》《黎明之前》《洪水》《回春之曲》等 20 来部剧作。其共同的特征是：取材现实，反映了日益尖锐的民族矛盾和国内社会生活的动乱，艺术

话剧《名优之死》剧照

上洋溢着昂扬的意气，以激情和气势取胜。1937 年抗日战争爆发后到 1949 年，田汉除了创作抗战题材话剧外，又广泛团结旧剧艺人共赴国难，为他们编写新戏曲，又创作描写明代平倭英雄故事的大型历史歌剧《新儿女英雄传》，同时积极参加进步电影界的活动，创作了电影剧本《忆江南》等。1949 年后他又创作了《关汉卿》等著名剧作。

田汉作为中国现代话剧的开拓者之一，其话剧艺术风格主要体现在以下几个方面：第一，善于塑造艺人形象，尤其是在生活与戏剧的双重视角下展示人物的思想性格与悲剧命运。1929 年完成的三幕话剧《名优之死》是一部典型的田汉式的社会加艺术的剧作。作品表现一位著名京剧老生刘振声死于舞台的悲剧故事，表达了田汉对社会、人生、艺术的深刻认识和理解，着重揭示了在那个只讲金钱、不要艺术的黑暗社会艺人的悲剧命运。这个形象的意义不仅在写出了那个年代被贱视的艺人们的命运悲剧，更重要的是，作者开掘出了其执着于艺术并献身艺术的可贵精神。刘振声“最讲究戏德、戏味”，他不是把艺术当做追求人生享受的物质资本，而是在戏剧商业化的颓废风气中，竭力维护艺术的真善美精神，在他看来，“玩意（京戏）可比性命重要”。正因如此，当他看到女弟子刘凤仙的堕落时才会万分痛惜，竟而促成悲剧。

第二，具有很强的传奇色彩，有很强的故事性。田汉总是植根于现实生活，从生活中的矛盾出发，竭力使必然性和偶然性，传奇性和现实性结合起来。既加强戏剧的艺术效果，又有助于人物性格的刻画和主题思想的表达。如《回春之曲》的情节就很富有浪漫主义的传奇色彩。《名优之死》更是自然巧妙地把艺术舞台和生活舞台融为一体，形成了演员演演员、戏中又有戏的独特效果，在戏剧舞台的有限时空里，展现了广阔的典型的社会大环境，具有很强的艺术表现力和感染力。这部作品一反田汉早期作品的单线结构，采用了双线并举发展的结构方式，以两条主线索为基干，交织了其他几条线索，使得剧本结构单纯中蕴育着复杂，展示了各个人物的不同性格。

第三，语言具有浓烈的抒情意味。田汉以一个抒情诗人身份从事话剧创作，他善于借鉴西方话剧的表现手法，吸收中国传统戏曲的特点，努力探索中国话剧的民族风格。他运用诗歌和音乐作为抒情手段，使剧作具有热情美和音乐美。他带着强烈的主观色彩去感受生活，重视人物内心情感的抒发，重视理想境界的描绘，重视诗的意境的追求，充满浓郁的抒情气氛。

回答

卑鄙是卑鄙者的通行证，
高尚是高尚者的墓志铭，
看吧，在那镀金的天空中，
飘满了死者弯曲的倒影。

冰川纪过去了，
为什么到处都是冰凌？
好望角发现了，
为什么死海里千帆相竞？

乡音

我对着镜子说中文
一个公园有自己的冬天
我放上音乐
冬天没有苍蝇
我悠闲地煮着咖啡
苍蝇不懂什么是祖国
我加了点儿糖
祖国是一种乡音
我在电话线的另一端
听见了我的恐惧

北岛

二零一一年十一月二十一日

录于香港

宣告 ——献给遇罗克

也许最后的时刻到了
我没有留下遗嘱
只留下笔，给我的母亲
我并不是英雄
在没有英雄的年代里
我只想做一个人

宁静的地平线
分开了生者和死者的行列
我只能选择天空
决不跪在地上
以显出刽子手们的高大
好阻挡那自由的风

从星星的弹孔中
将流出血红的黎明

北岛

二零一一年十一月二十一

抄录于香港

焦土

新时期·新诗潮

新时期的诗歌创作，直面人生，沉思历史，变革现实，揭示生活的真理。诗人们特别是年轻诗人在西方现代主义和东方古典诗学的双重影响下，以自己独特的审美感受、审美评价和理想追求去反映和表现世界，其中舒婷、顾城、北岛等朦胧派诗人的崛起，显得尤为突出。世纪之交的诗歌，先锋性和探索性受到强烈关注，代表诗人海子、欧阳江河、西川、王家新、伊沙、翟永明等，或来自民间，或来自学院，但他们对诗歌形式的不懈探索，为中国新诗的不断发展注入了新的活力。

“朦胧诗”的崛起

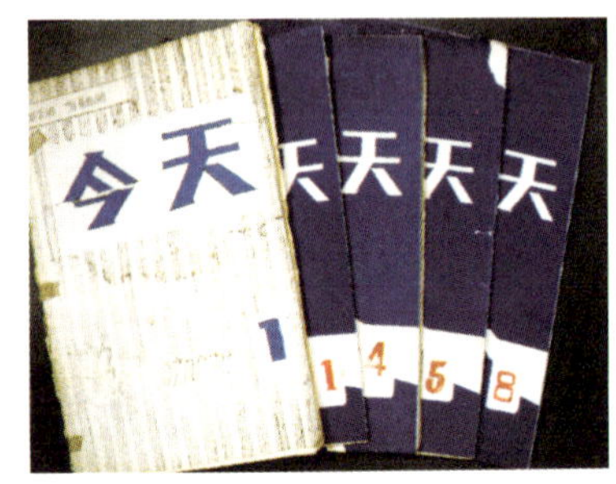

1978 年，北岛、芒克创办文学刊物《今天》，掀起“朦胧诗”浪潮。

“朦胧诗”的崛起是新时期诗歌运动最重要的事件之一。20 世纪 70 年代末，中国结束了“文化大革命”动乱，开始实行改革开放政策。社会的开放促使文学创作也走向自由。顺应着刚刚到来的自由之风，1978 年，由北岛、芒克创办的民间刊物《今天》宣告出版。很多青年诗人开始在《今天》上发表诗歌，这些诗歌冲破了 20 世纪 50 年代以来大一统的艺术规范，广泛吸收西方现代诗歌的营养，意象奇特，含义丰富，意蕴朦胧。这些诗歌还尤其具有反抗权威和政治的意识，凝聚着对社会灾难的严峻反思和批判，并自觉地担负起了重建诗人自我、复归诗歌中的人性、重塑艺术审美的历史使命。这一批诗歌的发表引起了当时研究者的广泛关注，1980 年这些诗歌首次被人称作“朦胧诗”。

“朦胧诗”发端于“文革”时期的“地下诗歌”。“地下诗歌”的著名作者食指等人给后来的“朦胧诗”创作奠定了精神基础。食指，原名郭路生，他的诗歌采用自由体新诗的形式，生动而准确地概括了广大青年由理想坠入深渊的心灵痛苦。他在诗歌中表现出了对“文革”彻底的失望和尖锐的批判，这在当时是极其难得和宝贵的。食指的诗如《鱼儿三部曲》《这是四点零八分的北京》《相信未来》等，在“文革”标语泛滥的时期，被广大青年传抄，引起了大家的共鸣。

《这是四点零八分的北京》是一首非常具有时代精神的诗篇。在诗中，作者将面对离别的无奈、悲哀，面对未知前途的彷徨和莫名的苦痛，展现得淋漓尽致。

北京车站的建筑在一片告别声中剧烈抖动
我双眼吃惊地望着窗外
我们的心骤然一阵疼痛
一定是妈妈缀扣子的针线穿透了心胸
这时，我的心变成了一只风筝
风筝的线绳就在母亲的手中
北京在我的脚下
已经缓缓地移动
我再次向北京挥动手臂
想一把抓住她的衣领
然后大声对她叫喊
永远记住我，妈妈啊，北京！

诗人将北京比做母亲，离开北京，就像孩子离开母亲一样无助、害怕。列车就像一只陌生人的手，将孩子硬生生从妈妈的怀中夺走。诗歌写出了一代知青上山下乡前的复杂心情，是个人人生的痛苦，也是时代的大痛苦。但在理想遭到幻灭、前途一片雾霾时，诗人用诗句证实了这一代人存在的价值，而这种在绝望中依然坚决地怀揣理想的精神也成为了后来“朦胧诗”最宝贵的精神财富。

“文革”结束后，“地下诗歌”开始浮出历史地表，“朦胧诗”运动也随即开始，代表诗人有北岛、顾城、芒克、多多、舒婷、江河和杨炼、海子等。芒克是《今天》杂志的创始人之一，无论是在“朦胧诗”的地下时期还是到《今天》创办后“朦胧诗”正式被认可，他都作出了突出的贡献。芒克的诗歌清新自然，而他选取的富有生命力的意象，让“文革”时期饱受压抑的人们充满力量。芒克的代表诗集有《芒克诗选》《阳光中的向日葵》等。

舒婷

北岛、舒婷、顾城等诗人合影

舒婷是“朦胧诗”运动中女诗人的代表，著有诗集《双桅船》《会唱歌的鸢尾花》等。她积极加入了《今天》诗群，并以创作于1977年的《致橡树》为大家所熟知：

我如果爱你——
绝不学攀援的凌霄花，
借你的高枝炫耀自己；
我如果爱你——
绝不学痴情的鸟儿，
为绿荫重复单调的歌曲；

也不止像泉源，
常年送来清凉的慰藉；
也不止像险峰，
增加你的高度，衬托你的威仪。
甚至日光，
甚至春雨。
不，这些都还不够！
我必须是你近旁的一株木棉，
作为树的形象和你站在一起。
根，紧握在地下；
叶，相触在云里。
每一阵风过，
我们都互相致意，
但没有人，
听懂我们的言语。

这是一首大胆的爱情宣言，是诗人对高尚人格和女性自我价值的追求。舒婷的诗作不正面面对时代的阴云，而是从女性的立场呼吁对同情与爱心的恢复，以歌颂“人”的尊严和权利来表达对时代的抗议。她的诗是古典情调与现代思考的结合，将当代中国人理想幻灭的痛苦表现得淋漓尽致，诗风浪漫典雅，为当时沉重压抑的诗界吹来了一股清新的风。

“朦胧诗”运动虽然历经时间不长，但在中国当代诗歌史上占有重要地位。“朦胧诗”继承了“五四”文学传统，注重诗歌的艺术价值，关注生命个体的生存状况；它们表达对政治的不满，并对戕害人性的时代予以激烈的控诉，追求人的精神自由和存在价值；它们深受西方现代主义的影响，学习现代派的技巧，使中国新诗与世界接轨。

北岛：理性的诗人

1989年春，北岛在幸存者诗歌朗诵会上。

北岛是“朦胧诗”的代表诗人，是“朦胧诗”运动的领军人物和精神旗帜。他为“朦胧诗”的创作开辟了道路，是“朦胧诗”运动中最引人注目的诗人之一。北岛的诗歌创作开始于20世纪70年代中后期，并一直持续到今天。

北岛的诗歌创作以20世纪80年代末为界，分为前后两期。前期主要是“朦胧诗”的创作。代表作品有《回答》《结局或开始——献给遇罗克》《履历》《走向冬天》《恶梦》和组诗《太阳城札记》等。这些诗歌表达了诗人对祖国、人民前途命运的深切忧虑。北岛在诗歌中对社会的不公平现象给予了激烈的批判，对生命、死亡、历史、自由等问题展开了深沉的追问，对理想的坚守和对平凡、平静生活的向往也是北岛“朦胧诗”创作的主要题材。

《回答》是北岛的代表作，创作于1976年“文革”刚刚结束之际：

卑鄙是卑鄙者的通行证，
高尚是高尚者的墓志铭。
看吧，在那镀金的天空中，
飘满了死者弯曲的倒影。
冰川纪过去了，

为什么到处都是冰凌？
好望角发现了，
为什么死海里千帆相竞？
我来到这个世界上，
只带着纸、绳索和身影。
为了在审判之前，
宣读那些被判决的声音：
告诉你吧，世界，
我—不—相—信！
纵使你脚下有一千名挑战者，
那就把我算作第一千零一名。
我不相信天是蓝的；
我不相信雷的回声；
我不相信梦是假的；
我不相信死无报应。
如果海洋注定要决堤，
就让所有的苦水都注入我的心中；
如果陆地注定要上升，
就让人类重新选择生存的峰顶。
新的转机和闪闪的星斗，
正在缀满没有遮拦的天空，
那是五千年的象形文字，
那是未来人们凝视的眼睛。

那是一个“卑鄙者”畅通无阻的时代，而“高尚者”却只能走向坟墓。诗人要揭开时代的面具，让世人认识到它可憎的真面目。他大声一呼：“我—不—相—信！”震醒了在暗夜中昏睡的人们，让大家清醒过来，戳穿这个世界的虚伪。诗人不相信这个世界上的一切，他以一名挑战者的姿态，要与时代作坚决的斗争。《回答》具有鲜明的反叛意识，对社会进行了强烈的批判。诗作大量运用象征、隐喻等艺术手法，其直接抒情和富有哲理的警句蕴含着悲愤至极的冷峻，呈现出极强的震撼力。

组诗《太阳城札记》创作于20世纪70年代末。全诗由14首小诗组成，每首小诗只有一两句话，甚至一个字。《太阳城札记》以其新奇的形式吸引了读者的眼球，而它充满哲理的诗句更增加了它的魅力。诗人在这首组诗中表达了对人生的认识和理解。最后一首《生活》就一个字：

网

一切都无需解释，一个“网”字写出了生活的本质，表现了北岛对生活的深刻认识。

随着“朦胧诗”运动走向衰微，北岛的创作也逐渐减少，甚至一度暂停。1989年他旅居海外后，又开始了诗歌创作。后期的诗歌继承了他前期的语言风格，但从更多关注社会转为更加关注个人生命体验和内心感受，于冷峻中更见温情。长期的国外漂泊使“怀乡”在不知不觉中成了北岛诗歌的重要主题，诗中也越来越多地渗透着诗人对母语的眷恋。这一时期的重要作品有《乡音》《回家》等。《乡音》中写道：

一个公园有自己的冬天
我放上音乐
冬天没有苍蝇
我悠闲地煮着咖啡
苍蝇不懂什么是祖国
我加了点糖
祖国是一种乡音
我在电话线的另一端
听见了我的恐惧

“公园”有属于自己的“冬天”，而“我”却找不到自己的归属，“我”放上音乐，煮着咖啡，缓解自己郁闷的心情，但却没有任何作用。“我”连一只“苍蝇”都不如，“苍蝇”没有祖国，也就没有思念的痛苦，反而生活得轻松自在。诗人在自嘲，可读来更加让人感到心酸。

北岛拥有天才的想象和深邃的思想，他在诗歌创作上作出了现代化的成功尝试；他坚守着对汉语的挚爱，开发汉语的潜能，使现代汉语诗歌的表现力更加丰富；他继承了“五四”诗歌传统，重塑人文精神，是中国当代诗歌发展的又一高峰。北岛先后获得瑞典笔会文学奖、美国西部笔会中心自由写作奖、古根海姆奖学金等，又被选为美国艺术文学院终身荣誉院士，在世界范围内获得了声誉。

顾城：童话诗人

顾城

顾城出生于知识分子家庭，从小受到良好的文化熏陶。他生来感情细腻，8 岁就创作了诗歌《杨树》，属于早慧型的诗人。青少年时期，“文革”的苦难遭遇使他的心灵蒙上了无法抹去的阴影，也给他后来的诗歌创作带来了巨大的影响。12 岁时，顾城离开城市，随父亲下放到山东农村。蔚蓝的天空、宁静的云彩、飞翔的鸟儿、绽放的小花……顾城在大自然中体会到了快乐与幸福。1977 年顾城开始大量写诗，成为“朦胧诗”运动的代表诗人之一。1987 年他出国讲学，随后到了新西兰，后来隐居激流岛，远离人群，构建自己幻想中童话般的生活。1993 年，顾城杀死妻子之后自杀，以残暴的方式结束了自己的人生，而他自杀的真正原因至今仍是一个谜。“你相信你编写的童话 / 自己就成了童话里幽兰的花”——舒婷将这首《童话诗人》赠与顾城，从此“童话诗人”就成了顾城的代称。

根据题材和内容，顾城的诗可以分为两类。第一类诗以孩子的视角关注世界、关注自然、关注自我，语言清新而明丽，诗中的世界像童话一样纯洁平静，代表作有《村野之夜》《回想》《无名的小花》《生命幻想曲》《我是一个任性的孩子》等。在第二类作品中，顾城关注社会、思考人生，表达了对历史、社会现实的追问，对人与人的关系的思考，显现出哲理性。诗中流露出诗人对生活现状的不满、困惑、彷徨以及对光明的渴望。代表作品有《一代人》《远和近》《永别了，墓地》《在陌生的街上》《结束》《历史的内战》等。

黑夜给了我黑色的眼睛
我却用它寻找光明

《一代人》全诗仅仅 18 个字，然而每个字都戳中人心，给当时的诗坛强有力的震撼。“黑夜”就是那个让人窒息的社会，在“黑夜”里，人们苦闷、压抑、痛苦；“黑夜”蒙蔽了人们的双眼，人们看不到未来，人生是虚无的，孤独的，寂寞的。然而，诗人却不屈服于“黑夜”所赋予他的这一切，他要用这双“黑色的眼睛”去寻找光明。“黑色的眼睛”与“光明”形成了矛盾，但正是这种不可调和的矛盾与荒诞，才更加凸显了反抗的坚决和对理想的执着追求。诗歌道出了整整“一代人”的心声，也是这一代人的精神写照：尽管伤痕累累，充满迷惘和困惑，但还是要反抗绝望，反抗既定的命运。这首诗显示出一代人生命之流永不停止的奔腾，并不断地激励着后人对人类自由百折不挠的追寻。

顾城又是一位充满童心的诗人，他拒绝长大，拒绝走进成人的世界。他受到童话的迷惑，总是试图构建自己的“童话王国”，在这个“童话王国”里，没有黑暗，没有矛盾，只有单纯和美好。这种特点在《我是一个任性的孩子》中表现得最为明显：

我是一个任性的孩子 / 我想涂去一切不幸 / 我想在大地上 / 画满窗子 / 让所有习惯黑暗的眼睛都习惯光明 // 我在希望 / 在想 / 但不知为什么 / 我没有领到蜡笔 / 没有得到一个彩色的时刻 / 我只有我 / 我的手指和创痛 / 只有撕碎那一张张 / 心爱的白纸 / 让它们去寻找蝴蝶 / 让它们从今天消失

诗歌集中体现了顾城的审美理想和对理想的执着追求。他渴望一个纯净、和谐的世界，渴望“没有痛苦的爱情”、永远不会流泪的“眼睛”。但理想与现实总是不能统一，这个“任性的孩子”始终没有领到蜡笔，他没有办法画出这个美好的世界，最后只有将他那一张张“心爱的白纸”撕碎，让它们从“今天消失”。然而，“我”依然是被“幻想妈妈”“宠坏的孩子”，“我”依然执着地追求幻想中的美好世界。

海子：麦田的守望者

海子

海子是“朦胧诗”运动后期最重要的诗人之一。1979年，15岁的海子考入北京大学法律系，并在大学期间开始了诗歌创作。1989年3月26日，海子于山海关附近卧轨自杀，年仅25岁。

海子的诗注重诗歌修辞学，语言优美、典雅，崇尚超脱世俗的意境。他凭借辉煌的才华、天才的想象力和创造力，以及超乎常人的勤奋与意志，在短暂的一生中，完成了近200万字的诗歌、小说、戏剧和论文。海子深受德国诗人荷尔德林和哲学家海德格尔的影响，对于不可言说的神秘之物怀有一种不可抑制的情感，因此他的诗歌往往追求一种神言与人言相融合的精神体验。在诗人的笔下，黑夜往往与丰收、土地、天空达到了一种神秘的融合。

海子在诗歌中执着地坚守理想，坚持着对精神世界和艺术本质的探寻与对生命价值的追问。在海子300余首抒情短诗和长诗《太阳·七部书》中，主要的主题有三：对爱情的痛苦追寻、对土地的迷恋和赞颂、对生命和死亡的思考。

爱情是海子诗歌的重要主题之一。海子一生中经历过四次恋爱，每一次都以失败而告终，在爱情中，海子是一个失败者，这使他陷入了深深的痛苦。海子的爱情诗有单纯甜蜜，也有心动浪漫，但更多是痛苦与挣扎，表达了他对完美爱情的追寻以及追寻不到的悲伤和绝望，如《四姐妹》，这是一首饱含绝望的呐喊，展现了诗人在爱情面前的孤独与痛苦。“四姐妹”是海子曾经爱过的四位女子的化身，那一颗“绝望”的麦子或许是生命的象征，表达了爱情带给他的悲伤。海子的爱情诗并不追求字眼上的赏心悦目，也不刻意追求情绪上的激情释放，而是与真、善、美相结合，展现着人性的光辉。

对土地的迷恋和赞颂，是海子诗歌的另一个主题。如：“全世界的兄弟 / 要在麦地里拥抱 / 东方，南方，北方和西方 / 麦地里的四兄弟，好兄弟 / 回顾往昔 / 背诵各自的诗歌 / 要在麦地里拥抱”（《五月的麦地》）；“生存无须洞察 / 大地自己呈现 / 用幸福也用痛苦 / 来重建家乡的屋顶 // 放弃沉思和智慧 / 如果不能带来麦粒 / 请对诚实的大地 / 保持缄默 和你那幽暗的本性”（《重建家园》）。海子是农民的儿子，“土地”养育了他的肉体，寄托着他的灵魂。海子是都市的流浪儿，他难以融入真正的都市生活，而未被现代文明所开垦的自然、乡村就成了海子永远的心灵家园。他迷恋土地、村庄，赞颂和谐、安静的乡村生活，对于农耕社会表现出浓浓的依恋，并在其中寻找精神归属。

另外，海子在诗中也展开了对生命与死亡的思考。他关注人类的生命，以及它与历史的关系，如长诗《河流》《九月》《死亡之诗》《自杀者之歌》等。在海子这类诗乃至他的所有诗歌中，流传最广的是创作于 1989 年的抒情短诗《面朝大海，春暖花开》：

从明天起，做一个幸福的人
喂马，劈柴，周游世界
从明天起，关心粮食和蔬菜
我有一所房子，面朝大海，春暖花开
从明天起，和每一个亲人通信
告诉他们我的幸福
那幸福的闪电告诉我的
我将告诉每一个人
给每一条河每一座山取一个温暖的名字
陌生人，我也为你祝福
愿你有一个灿烂的前程
愿你有情人终成眷属

愿你在尘世获得幸福
我只愿面朝大海，春暖花开

“大海”是这首诗的重要意象。“大海”是诗人的精神归宿，是其安放理想的地方，“面朝大海”可以让诗人感到安宁，而“春暖花开”则可以带来温暖和希望。海子生前一直独居，孤独而寂寞，他渴望与人交流，渴望做一个平凡的人，但他又难以忍受嘈杂而琐碎的家庭生活，最终仍是回归到了超脱于世俗的生活状态和精神境界。诗人对人世间的一切都给予了美好的祝愿，而自己却还是选择“面朝大海，春暖花开”。这首诗以朴素清新的语言，描写了诗人幻想中真实鲜活、充满生机的尘世生活，表达了诗人对俗世平凡生活的渴望和向往，是诗人对人世间的美好祝愿，体现了诗人真诚、善良的心灵。

海子的创作不仅仅属于一个时代，而是人类永恒的诗篇，因而海子也成为中国当代诗歌史上一位重要的不可或缺的诗人。

新时期·多元的小说

新时期以来，小说创作获得更大的丰收，刘心武的短篇小说《班主任》开“伤痕文学”先河，高晓声的《李顺大造屋》、茹志鹃的《剪辑错了的故事》、张洁的《沉重的翅膀》、贾平凹的《鸡窝洼人家》、铁凝的《哦，香雪》、谌容的《人到中年》、高晓声的《陈奂生上城》、李存葆的《高山下的花环》、阿城的《棋王》、莫言的《红高粱》、刘索拉的《你别无选择》、王蒙的《活动变人形》、马原的《虚构》等，从多元的、全方位的视角，展示和反映了时代社会的各个方面，显示了小说创作从未有的繁荣景象。世纪之交，小说创作再次开启新的征程，余华的《活着》、王小波的《黄金时代》、陈忠实的《白鹿原》、王安忆的《长恨歌》、苏童的《米》、张洁的《无字》、毕飞宇的《平原》、莫言的《蛙》等，都产生了重要影响。值得注意的是，具有广泛影响的网络小说，也出现了一些很有分量的作品，如宁肯的《蒙面之城》就成为2002年“老舍文学奖”获奖长篇小说之一。

贾平凹与寻根小说

八百里秦川古朴而神秘，有着悠久的历史和深厚的文化底蕴。这片充满魅力的土地，孕育了一群同样充满魅力的作家，贾平凹就是其中之一。贾平凹成长在陕西一个不富裕的农民家庭，1972 年他开始了自己的创作生涯。贾平凹的创作充满了地域色彩，家乡商州既是他写作的背景，也为他提供了丰富的素材，而他的才气和叛逆精神，也使作品风格多变，内容丰富多彩。

贾平凹是一个多才多艺又多产的作家，初涉文坛就以短篇小说《满月儿》引起关注，1983 年以后陆续发表的有关陕西商州地区农民生活变迁的小说《小月前本》《鸡窝洼人家》《腊月·正月》《远山野情》《天狗》《黑氏》《古堡》《商州》《浮躁》等，被称为“商州系列”小说，也是贾平凹的代表作。他要“以商州这块地方，来体验、研究、分析、解剖中国农村的历史发展、社会变革、生活变化”。此后他又创作了《废都》《秦腔》等小说，更加显示出自己的独特风格，并在读者中产生了很大影响。

《浮躁》以主人公金狗的坎坷经历为主要线索，真实表现了改革初期比较封闭的乡镇社会的人生图景。小说的题目“浮躁”是对时代情绪和民族心态的一个象征性的概括，具有丰富的思想文化内涵。该小说获 1987 年美国美孚飞马文学奖。

贾平凹小说《秦腔》《浮躁》《废都》

《秦腔》获 2008 年第七届茅盾文学奖。小说的故事发生在清风街。老主任夏天义宽厚正直，带领清风街百姓经历了几十年的风风雨雨。他一生钟爱土地，看到夏君亭对土地不合理的商业开发损害了村民的生活，痛心无比。夏天义最终死于泥石流，死在了自己钟爱的土地上，这也暗示着传统农业生产方式的最终结局。新支书夏君亭受过现代教育，能够摆脱传统观念的束缚，具有现代生产意识和商业意识，他在清风街建立农贸市场，但终因信息闭塞、销路不畅而失败。老校长夏天智德高望重，钟爱秦腔，视秦腔为生命，却只能眼睁睁看着这种古老的戏曲艺术走向没落，乡村淳朴的风气日渐消失。夏天智是传统文化的代表，作者通过对他命运的书写，表达了自己对于传统文化命运的担忧。小说以“疯子”引生与白雪的爱情发展为线索，穿插着发生在清风街的故事。众人眼中的“疯子”引生是故事的叙述者，并常常于胡言乱语中闪现正常人难以企及的智慧，为小说增添了神秘色彩。

贾平凹的小说聚焦改革开放后的中国农村，以商州为主要的创作背景，具有浓郁的地域色彩，充满民俗风情，表现了中国人在社会变革中显现出来的焦虑和痛苦，意义深远。深厚的文化底蕴又使他的小说具有重要的民俗学价值。这些特点使他在新时期以来的当代文坛独树一帜，在中国当代文学史上占有重要地位。

20 世纪 80 年代中期，中国文坛出现了令人瞩目的文化寻根现象。文化寻根意识的出现，一方面是新时期文学自身发展的结果，另一方面是来自外国文学的刺激，特别是拉美魔幻现实主义文学的影响。随着思想解放的不断深入，文学逐步开始尊重自身的审美属性，随即文坛上出现了一大批审美趣味、艺术风格迥异的作品，如汪曾祺的《受戒》、刘绍棠的《蒲柳人家》、邓友梅的《烟壶》、贾平凹的《商州初录》等，为当时文坛吹来一股清新的风。1984 年，诺贝尔文学奖获得者哥伦比亚作家马尔克斯的长篇小说《百年孤独》被翻译介绍到中国，引起了强烈的反响。这种对本土文化的发掘和对原始文化的探寻获得的巨大成功，契合了中国当时一批作家以现代意识审视民族现实、发掘和弘扬民族文化传统的强烈愿望，激活了他们内心潜藏的对世界文学的参与意识。他们把拉美文学的成功主要归结为独特的地域文化色彩，并开始将目光转向中国乡土的、民间的、未被现代文明浸染的原始文化，在自己所熟悉的地域生活中，来探寻民族文化的源流和精髓，试图从更深意义上寻求文学观念解放，重铸民族精神。韩少功的“谈天说地”系列小说，李杭育的“葛川江”系列小说，贾平凹的“商州”系列小说，郑万隆的“异乡异闻”系列小说，阿城以“遍地风流”为题的一组小说，郑义的《远村》《老井》，莫言的《红高粱》，张承志的《北方的河》，等等，都是这种小说观念的体现。这些作品大都表现民俗、民生，把它们看做一种文化现象予以历史的谛视，反映民族文化心理，具有浓郁的地域性色彩。

余华与先锋小说

余华小说《许三观卖血记》封面

余华，浙江杭州人，主要在海盐县长大。余华在自传中说：“我在海盐生活了差不多有三十年，我熟悉那里的一切……我过去的灵感都来自于那里，今后的灵感也会从那里产生。”1984 年余华发表了第一篇小说《星星》，开始展露其独具个性的文学才华。此后又陆续发表了《现实一种》《世事如烟》《此文献给少女杨柳》等作品，在先锋小说领域大胆实践，独树一帜。在余华笔下，人和人之间的那种残酷状态被以一种潇洒的情调轻松自如地勾勒描画出来。20 世纪 90 年代以后，余华的创作风格发生了很大变化，开始关注小人物的日常生活和感受，先后完成了《活着》《许三观卖血记》《兄弟》等长篇小说，虽然仍有着“暴力”叙事的特点，但更多地是着力表现人与人之间的温情，赞美人类善良崇高的品性。

《活着》是余华重要的代表作之一，讲述的是福贵一家的苦难生活。福贵是一个地主的儿子，年轻时因赌博败光家业，气死父亲。随后被国民党抓壮丁，战场上福贵当了解放军的俘虏，回到家中发现母亲早已去世，女儿凤霞也变得又聋又哑。解放后的生活虽然贫困，但一家人过得平安。几年后，儿子有庆在为县长妻子献血时，因抽血过量而死，后来发现，这个县长竟是福贵在国民党军队时的小战友春生。福贵与春生本是出生入死的兄弟，这对福贵是一次沉重的打击。过了几年，凤霞又因难产而死，留下了一个刚出生的男孩苦根，久病的妻子家珍也去世了。但这个家庭的灾难还在继续，女婿二喜在一次事故中惨死，外孙苦根在吃豆子时撑死。家人一个接一个去世，只有福贵活着，而且永葆着那份乐观和畅达。作家不"杀"福贵，给读者留下一丝希望和想象。小说结尾，配合着福贵和他的老牛渐渐远去，作家写道"田野趋向了宁静"，"黄昏正在转瞬即逝"，"土地召唤着黑夜来临"，这种大自然的时间转换，一方面暗示了福贵的一生即将结束，同时也预示着新的一天必将到来。作家似乎想告诉人们，无论发生什么事，遇到什么苦难，明天都是新的一天，所以，要坚强地活着。

《许三观卖血记》写于 1995 年，是余华转型后的又一部力作。它集中表达了作家对普通人苦难人生的同情和悲悯，对命运无常的感叹，以及对中国历史和社会的深刻审视和观照。主人公许三观通过"卖血"的方式来战胜生活中的一次次灾难，来换取家人生活的延续，显现出现代人面对困境的悲哀与无助。同时，小说也告诉人们，只有在生活中采取一种温情的态度去对待身边的人，不吝惜地帮助他人，才不会在冷漠的生活中迷失自己，才会不失尊严地活下去。

余华是当代中国国际声誉最高的作家之一。美国《时代》周刊评价他的《活着》和《许三观卖血记》"包含了 20 世纪中国社会的集体悲剧，帮助这位中国顶级作家获得了应有的国际声誉"。余华的作品已经被翻译成英、法、德、意、西、日、韩等文在国外出版。他本人先后获得意大利格林扎纳·卡佛文学奖、澳大利亚"悬念句子文学奖"、法国文学与艺术骑士勋章，成为中国当代文坛十分活跃的新潮小说代表作家。他的《活着》还被拍成同名电影，产生了广泛的反响。

中国当代先锋小说的尝试开始于 20 世纪 80 年代中期的刘索拉、徐星、马原及 80 年代后期的洪峰、余华、苏童、格非、叶兆言等人。先锋小说同以往小说的最大不同在于，从对人的外在行为的经验世界的摹写，转向对人的主观精神世界探幽入微的开掘，把人的主观意识流动、变态心理感受都纳入文学表现的范围，深化了对人的认识和对丰富复杂的内心世界的表现。

刘索拉的处女作和代表作《你别无选择》，是先锋小说发展中一篇具有开创性的作品。小说描写了音乐学院一群青年学生闹剧般的生活，为我们展现了他们深深的孤独感，无所事事的空虚、迷茫和骚动的心态，以及难以遏止的创造激情和执着追求。小说体现出浓厚的现代意味，它回答的是"我是什么""人是什么""自然和环境是什么"等现代哲学所关注的本体性问题。

由余华同名小说改编的电影《活着》剧照

马原是先锋派小说的又一位代表作家。小说集《冈底斯的诱惑》《虚构》和长篇小说《上下都很平坦》是他的代表作。马原的小说大胆尝试西方结构主义叙事方式，同时注重自身生存体验，比较看重叙事的非因果性、非连续性、随意性和不可捉摸性。他故意制造一种虚构和失真的艺术效果，以此消解内容本身的意义，给读者留下多义的联想和阐释空间。

此外，先锋作家还惯于挖掘爱情“反常”的一面，试图以此反抗传统爱情观念对人心灵的压抑。叶兆言的《十字铺》与格非的《初恋》等，对传统爱情小说模式发起了挑战，造成了对爱情的全面解构，揭示了爱情、婚姻和家庭里隐藏着的人们不愿意看到的另一面，如同一座玲珑的宝塔，美丽耀人，然而只轻轻一击便轰然倒塌。

先锋小说家还对死亡有着特别的思考，他们阐释了死亡也是世界的另一种真实，是人心灵深处的另一种隐痛。余华在《活着》《许三观卖血记》中分明告诉我们，人因与死亡的抗争而获得尊严。先锋小说以死亡为切入口，考察普通人的生存状况、人的精神本质，达到了相当的深度。

苏童与新历史主义小说

苏童在1983年20岁时开始文学创作并发表作品。写于1986年秋冬之交的第一部中篇小说《一九三四年的逃亡》，即带有独特的历史意味。苏童主要代表作有《罂粟之家》《红粉》《妻妾成群》《米》《离婚指南》《碧奴》等。

苏童用秾丽、浪漫的语言，在小说中构建了一个唯美、典雅的“南方世界”。在这个“南方世界”中，作家将笔触直接指向了生活于世俗凡尘中的人们，他们的苦闷、焦虑，他们对生命的认识、对生存的诘问和复杂微妙的潜意识世界都是苏童书写的对象。“逃亡”是苏童小说常常出现的一个意象，由故乡出逃，从农村逃往城市。他创造出了一系列在“逃亡”途中的人物，一群丧失了生存空间或精神家园的流浪者，他们反抗着平庸无聊的生活和既定的命运，寻求新的出路但又没有方向，苏童为他们吟唱了一曲曲凄迷哀怨的悲歌。苏童小说的另一个特点是塑造了一群血肉丰满的女性形象。这些女性不再是一贯纯洁美好的天使，也不再是体现着女性解放、反抗男性压迫的思想先进者，而是一个个陷落在琐碎生活中的女性。她们渴望生存，她们也曾经历内心的挣扎，但最终还是迷失了自我，屈服于生存现状，重演一幕幕命运的悲剧。

苏童小说《碧奴》封面

根据苏童小说《妻妾成群》改编的电影《大红灯笼高高挂》剧照

更为独特与重要的是，苏童的创作在历史与现实的勾连与穿越之间，建立了自己对人生意义的理解，对社会演变的理解和对历史发展的理解。

《妻妾成群》是苏童的代表作之一。小说的故事发生在20世纪20年代。主人公颂莲是一位受过教育的“新女性”，她19岁时家道中落，为了衣食有靠，放弃了“新女性”的尊严和追求，自愿接受旧式婚姻，嫁入陈家做四太太。陈家是一个封建传统世代承袭的大家族，虽然十分富有，但对人性的禁锢和摧残达到了登峰造极的程度。这样的生活环境促使颂莲的自尊逐步瓦解，她渐渐地参与到了几位姨太太为了争宠而展开的残酷的明争暗斗中。看着另一个姨太太被投进深井，颂莲恐惧绝望，最终变成了疯子。小说探索女性的生存状态，对女性心理挣扎的描写细致而深刻，刻画出许多中国女性宿命人生的悲剧。1991年张艺谋导演将其改编成电影《大红灯笼高高挂》，突出了特定的历史场景，收到了强烈的艺术效果。

在《碧奴》中，苏童带我们回到了遥远的古代。在古老的中国传说中，孟姜女是一位对爱情忠贞不渝、徒步千里为丈夫送寒衣的奇女子，她的故事在中国几乎无人不知。苏童在这部“重述神话”的小说中，将主人公的名字由孟姜女改为碧奴。小说中，碧奴的坚韧与忠贞击退了世俗的阴谋、人性的丑恶，这个在权势压迫下的底层女子以自己的痴情和善良在沧桑乱世中创造了一个神话般的传奇。苏童认为，自己从来没想过要颠覆孟姜女的故事，“我不会采用解构的方式去改变人们对孟姜女这个美丽传说的印象”，“我的小说无疑更偏重以‘眼泪’表达情愫。孟姜女哭长城的精髓在于‘哭’，我将重心放在研究眼泪，这个小说可以说是一部眼泪的历史，叙述了哭的种种姿态、类别、渊源等”。可见，苏童与“重述神话”的许多西方作家不同，他没有以后现代手法等来解构传统神话，而是通过自己对历史的理解，来凸显神话中最为感人的那些人物与场景，并以此揭示出历史与神话对于今天的价值和意义。

正是在这样的意义上，苏童的创作与新历史主义产生了一定的联系，因而他也被看做是新历史主义小说创作的一个代表作家。新历史主义诞生于 20 世纪七八十年代的英美文化和文学界，主张将历史考察带人文学研究，指出文学与历史之间不存在所谓的“前景”与“背景”关系，而是相互作用、相互影响的。新历史主义最重要的意义在于，它打破了历史与文学的界限，不再强调历史是真实的、文学是虚构的这样一种传统的观念和模式。它特别注重历史也具有人的主观意识，这一点有助于人们拓展、深化对历史本身的认识和理解。

20 世纪 80 年代中期，新历史主义小说在中国出现。从莫言的《红高粱》到苏童等人的创作，共同体现了新历史主义小说的基本特质：历史不再简单地被认定为以往曾经出现过的某些人或事，可以从过去和今天，从他人到自我等多个角度来阐释历史；历史人物也不仅仅是历史上出现过的那一个具体的个人，在这个人的身上，还蕴含着人性的某些共通之处，还体现着文化的普遍意义；历史场景的时间是具体的、个别的，甚至是不可再现的，但文学的想象和联想可以使场景穿越历史，把历史与现实联系起来，比如长城，它的许多历史场景，都可以在今天人们的想象中得以再现和升华。苏童在《碧奴 · 序言》中说过：

> 在孟姜女哭长城的故事里，一个女子的眼泪最后哭倒了长城，与其说这是一个悲伤的故事，不如说是一个乐观的故事。与其说是一个女子以眼泪结束了她漫长的寻夫之旅，不如说她用眼泪解决了一个巨大的人的困境。
>
> 我去过长城，也到过孟姜女庙，但我没见过孟姜女。谁见过她呢？在小说中，我试图递给那女子一根绳子，让那绳子穿越二千年时空，让那女子牵着我走，我和她一样，我也要到长城去！

苏童的自述很好地说明了他对新历史主义的理解，而他的作品也很好地实践了新历史主义的主张。

莫言与魔幻现实主义小说

莫言，山东高密人，出生于一个农民家庭。少年时代，经济上的贫困和政治上的压抑给他留下了惨痛的记忆，这些心理特征直接影响到他后来的小说创作。20 世纪 80 年代初，莫言以小说《透明的红萝卜》等作品引起文坛瞩目，随后他又创作了《红高粱》《满园》《丰乳肥臀》《天堂蒜薹之歌》《红树林》《檀香刑》《蛙》等多部中长篇小说，体现出强烈的文化思考和神奇的艺术感觉。莫言的小说创作受到美国作家威廉·福克纳和哥伦比亚作家加西亚·马尔克斯的影响，力图以一种奇异而新鲜的艺术感觉，重新认知中华民族的生命意识和文化心理；同时，他更植根于本民族的土壤，深刻继承了中国传统文学的多种表现手法，在探求现实的过程中透出一种独特的神秘意味。

《透明的红萝卜》是莫言的早期代表作。小说刻画了一个在艰难时世中心灵备受压抑的形象——黑孩。黑孩自小便失去了家庭温暖，苦难的生活、非人的劳动，使他失去了正常人的智力和感觉方式，在对苦难的长期承受中，他养成了默默忍受的习惯。他从不与人说话，即使手被灼热的铁砧烫得皮肉焦糊，他也似乎没有疼痛的感觉。菊子姑娘是他心目中美好的希冀和神圣的象征，可是他只愿意在内心深处独享这一份愉悦，当菊子在众人面前公开表示对他的怜悯和同情时，他竟在菊子的手腕上咬了一口。他的爱和恨都是极端的、反常的，这是被生活冷酷扭曲的结果。但同时，黑孩却有另一种超乎常人的感知能力，他能听到萝卜缨子生长时发出的声响，在他的眼里，红萝卜晶莹透明，放射出一种奇异美丽的光泽。黑孩的形象，既是对苦难现实的真实写照，又具有童话般的超现实象征色彩。在小说中，作者几乎调动了全部视觉、听觉、知觉形式，大量主体心理体验的内容带来多层次的隐喻象征效果，使所表现的对象获得了很大的艺术张力。作品不仅是对那个时代的否定和批判，更是对可怕的人性异化的否定和批判。

《红高粱》突出地代表着莫言小说由理性沉思到感性迷狂的转变。小说所要描写的与其说是关于抗日的故事，不如说是在战争、苦难、礼教枷锁等重压下，在特殊环境中激发的民族的血性、刚勇和饱满生命力的象征。小说以高密东北乡人任情豪放的生活图景，表现了民族的生命意志的强大和不可战胜，典型地代表了莫言小说的基本风格。小说以高粱般火红的敢生敢死、敢爱敢恨的民族生命意志为基调，通过战争这一特殊环境，描述了整个中国农民真实的原生态的文化心理。作品着力要揭示、证明的是一个民族的过去、现在与将来的某种有机的精神联系。以往的抗日题材小说中，还没有哪一部像《红高粱》这样深刻独到、神魄感人。以《红高粱》为代表的莫言新时期小说创作，以其独特风格改变了中国传统小说的轨迹，成为新时期小说创作的一座里程碑。

魔幻现实主义文学于 20 世纪四五十年代在拉美形成和发展起来，是拉美现实主义小说传统和民族意识相结合的产物。最具代表性的作品是哥伦比亚作家加西亚·马尔克斯的《百年孤独》，它力求在魔幻的氛围中反映时代精神，渲染民族气息，反对一味模仿西方现代派文学，主张深入到自然、历史、传统中去发现生活的本质。拉美魔幻现实主义文学也深深影响了中国当代作家，莫言便是其中一个。在《百年孤独》的启发下，莫言立足于家乡普通农民的日常生活，在其中挖掘传统文化的根源，重新认识民族文化和民族生活，将魔幻现实主义与民间故事、历史与当代生活融合在一起，创造出一个幻象的世界。前面提到的中篇小说《透明的红萝卜》便表现出鲜明的幻象与现实互相转化的特点。主人公小黑孩的行为方式已经脱离了现实的可能性，带有魔幻色彩，他能听到头发落地的声音，能听到树叶落下来震动空

国外出版的莫言小说

根据莫言同名小说改编的电影《红高粱》剧照

气的响动；他抓着烧红了的铁砧，手里冒着肉糊的黄烟而不用扔掉。但他又是现实生活中的普通人，他一出那座桥洞，便感到寒冷，便再也看不到那“透明的红萝卜”了。作者要表现的是动荡的岁月对孩子心灵的扭曲。残破的家庭、失去母爱的童年，造成了黑孩对现实苦痛的坚韧和倔强。黑孩的世界充满了虚幻神秘，但又没有脱离现实，这正是莫言借鉴魔幻现实主义手法所获得的独特艺术效果。《红高粱》借鉴了马尔克斯的魔幻技巧和福克纳的意识流手法，采用童话寓言模式来建构，因而充满象征、隐喻、幻象等。森林般的红高粱本身就是中华民族精神内核的象征，而众多人物和画面无一不充盈着深刻的寓意，这些既增强了整部作品内涵的深刻性，又增强了其诗意的感染力。

莫言的小说深受国内外读者的欢迎，他的《丰乳肥臀》获中国首届“大家·红河文学奖”；《白狗秋千架》获中国台湾“联合文学奖”，据此改编的电影《暖》获第 16 届东京电影节金麒麟奖。此外，莫言个人还获得法兰西文化艺术骑士勋章、第三十届意大利 NONINO 国际文学奖等诸多荣誉。《红高粱家族》《丰乳肥臀》等均有英、法、德、日等十多种译文，在世界上广泛流传。2009 年，长篇小说《蛙》的出版为莫言的创作生涯带来了又一个高峰，该小说在 2011 年获得第八届茅盾文学奖。2012 年 10 月 11 日，莫言获得诺贝尔文学奖，瑞典诺贝尔文学奖评奖委员会对莫言的评价是：“用魔幻现实主义将民间故事、历史和现代社会融为一体。"

结语

结语：新世纪文学的新态势

20 世纪末至 21 世纪初，中国经济飞速发展，科学技术不断提高，消费文化日益兴起，电视、电脑、手机等电子设备广泛普及，并成为了人们生活中不可缺少的通讯和娱乐工具。互联网等新媒体的出现开阔着人们的视野，丰富了人们的生活。中国社会进入了一个物质、文化生活都非常丰富的时期。与此同时，文学的新生力量也开始萌生与勃发，其中最突出的两个现象就是“青春写作”与“网络文学”。

进入新世纪，20 世纪 80 年代出生的青年人正在走向成熟，并在社会生活中承担重要角色，他们展示出了自己的个性、才华和能力。这些年轻人被称为“80 后”。作为一个群体，“80 后”乃至“90 后”们拥有一些共性：他们大部分是独生子女，生活条件优越，生活阅历简单；受过较好的教育，对校园生活有深刻的体会；信息灵通，视野开阔，能高效地利用互联网获取信息资料。“80 后”“90 后”们在文坛上崭露头角，他们的文学作品逐渐走入了人们的视野，受到了年轻读者的青睐，一时间，“青春写作”成为时尚，也成为现实。

在“青春写作”潮流中，韩寒、郭敬明、张悦然、蒋方舟、李傻傻、春树、徐鹏、刘卫东等是其中的佼佼者和领军人物。他们的作品所表现的大多是校园生活的点点滴滴和青春期成长的烦恼，呈现出青春浪漫的色调，同时也流露出一些颓废的情绪。他们在作品中大力张扬个性，表现出试图颠覆传统价值观、打破墨守成规的思想意识和倾向。但“80 后”作家的创作风格并不是统一的，不同的作家又存在着不同的特点。其中，李傻傻出身于农村，是“80 后”中为数不多的有着乡村背景的作家，他的小说充满了青春的活力，文字细密华丽，散文清新而质朴，读来让人感觉有远离尘嚣的恬淡，代表作品有长篇小说《红 X》。张悦然以细致入微的细节描写、新奇丰富的意象运用和真诚的书写态度赢得了读者的喜爱。她的作品记录了少男少女们成长过程中的心理轨迹，真诚地展现了青春期人们的欲望和追求，代表作品有《葵花走失在1890》《誓鸟》等。蒋方舟，毕业于清华大学，是一位早慧并充满灵性的作家，她9岁写成散文集《打开天窗》，11岁写成长篇小说《正在发育》，之后又陆续出版了《骑彩虹者》《第一女生》《谣言的特点》等作品。她打破了传统的书写方式，文字轻松、随意，看似无章可循，读来洒脱灵动，充满新鲜感。

在"80后"作家中，韩寒和郭敬明是在社会上影响最广泛的两位，也是一直活跃于各类媒体的时尚人物。韩寒，身兼赛车手、作家、杂志编辑等多重身份。他初中就已经开始写作，1999年凭借《杯中窥人》一文获得首届"新概念作文大赛"一等奖，引起了文坛的关注。同年，正在读高一的韩寒选择退学，开始自由写作生涯，先后出版了《三重门》《长安乱》《一座城池》《光荣日》《1988，我想和这个世界谈谈》等小说，以及散文集《零下一度》《通稿2003》《就这么漂来漂去》等。其代表作《三重门》以一个中学生的视角展示了当代青少年生活中的亲子关系、师生关系、同学关系，赢得了青少年读者的共鸣，再加上小说语言口语化明显，诙谐幽默，一经出版便成为畅销书，后又被改编成电视剧，产生了很大反响。郭敬明，除了作家的身份以外，也是商人和编辑，代表作有小说《幻城》《左手倒影，右手年华》《梦里花落知多少》，散文集《爱与痛的边缘》，音乐小说《迷藏》《剑侠情缘》，以及主编的杂志《岛》系列等。与韩寒的犀利和戏谑不同，郭敬明的作品显现出自怜、自恋式的感伤，他的文字华美而古典，纯净而飘逸，充满了寂寞和忧伤的情绪，这种基调正好符合青春期人们的心理状态，打动了年轻读者的心。

时至今日，"80后写作"已成为中国当代文坛一种不可忽视的文学现象，随着春树、韩寒、李傻傻等作家先后登上美国《时代周刊》杂志封面，世界也开始关注中国新一代作家的成长。

21世纪以来，"网络文学"作为一种新的文学形式也在悄然兴起并不断发展壮大。"互联网"的普及为文学提供了新的媒介载体和传播方式，很多网络写手，特别是"80后""90后"写手开始利用网络这个虚拟的空间发表自己的原创作品，进行文学互动，博客、论坛、贴吧和一些专门的网站都已成为最新网络作品的交流平台。

作为一种新兴的文学形式，网络文学有自己不同于传统文学的鲜明特征：首先，网络的开放性和虚拟性注定了网络文学生存状态的相对自由，这使得普通写作者发表作品的成功率大大提高。当原创文学发表后，读者可以在第一时间给予反馈，甚至直接参与到创作当中，使原创文学的修改变得更加自如。

但自由的存在也致使很多网络文学作品不仅质量不高，甚至流于低俗，这也是网络文学存在的重要问题。其次，网络文学在某种意义上表现出抵制崇高的精神姿态。相对于传统文学追求作品崇高的精神价值和典雅的文字风格，网络文学更热衷于贴近大众百姓的日常生活。为了颠覆传统的价值观，网络文学出现了大量解构经典的作品。在内容上，网络文学更多地将娱乐性、趣味性放在第一位，而调侃、嘲弄、讽刺也成为其重要的语言特色。第三，网络文学题材丰富，形式灵活多样，其中“网络小说”数量最多、影响最大。根据题材，可以分为穿越小说、言情小说、官场小说、玄幻小说、武侠小说、历史小说、盗墓小说等。

在网络文学的发展过程中，“网络写手”们起着举足轻重的作用。自 20 世纪 90 年代至今，一批又一批的网络写手走红，并获得了社会的关注和读者的认可，但他们的作品具有相当的时效性，数量虽多但生命力往往不能持久。

作为一种新的文学现象，网络文学为中国文坛注入了新鲜的血液。目前，网络文学发展还不成熟，虽然不乏比较优秀的作品，但粗制滥造的作品也大量存在，如何正确引导网络文学的发展是当今时代与社会面临的一个重要问题。

附录：中国历史年代简表

旧石器时代	约 170 万年前—1 万年前
新石器时代	约 1 万年前—4000 年前
夏	约公元前 2070 年—公元前 1600 年
商	公元前 1600 年—公元前 1046 年
西周	公元前 1046 年—公元前 771 年
春秋	公元前 770 年—公元前 476 年
战国	公元前 475 年—公元前 221 年
秦	公元前 221 年—公元前 206 年
西汉	公元前 206 年—公元 25 年
东汉	公元 25 年—公元 220 年
三国	公元 220 年—公元 280 年
西晋	公元 265 年—公元 317 年
东晋	公元 317 年—公元 420 年
南北朝	公元 420 年—公元 589 年
隋	公元 581 年—公元 618 年
唐	公元 618 年—公元 907 年
五代	公元 907 年—公元 960 年
北宋	公元 960 年—公元 1127 年
南宋	公元 1127 年—公元 1279 年
元	公元 1206 年—公元 1368 年
明	公元 1368 年—公元 1644 年
清	公元 1616 年—公元 1911 年
中华民国	公元 1912 年—公元 1949 年
中华人民共和国	公元 1949 年成立